De Cock en de ontgoochelde dode

De volgende boeken van Baantjer zijn bij de Fontein verschenen:

1 1963 De Cock en een strop voor Bobby
2 1965 De Cock en de wurger op zondag
3 1965 De Cock en het lijk in de kerstnacht
4 1967 De Cock en de moord op Anna Bentveld
5 1967 De Cock en het sombere naakt
6 1968 De Cock en de dode harlekijn
7 1969 De Cock en de treurende kater
8 1970 De Cock en de ontgoochelde dode
9 1971 De Cock en de zorgvuldige moordenaar
10 1972 De Cock en de romance in moord
11 1972 De Cock en de stervende wandelaar
12 1973 De Cock en het lijk aan de kerkmuur
13 1974 De Cock en de dansende dood
14 1978 De Cock en de naakte juffer
15 1979 De Cock en de broeders van de zachte dood
16 1980 De Cock en het dodelijk akkoord
17 1981 De Cock en de moord in seance
18 1982 De Cock en de moord in extase
19 1982 De Cock en de smekende dood
20 1983 De Cock en de ganzen van de dood
21 1983 De Cock en de moord op melodie
22 1984 De Cock en de dood van een clown
23 1984 De Cock en een variant op moord
24 1985 De Cock en moord op termijn
25 1985 De Cock en moord op de Bloedberg
26 1986 De Cock en de dode minnaars
27 1987 De Cock en het masker van de dood
28 1987 De Cock en het lijk op retour
29 1988 De Cock en moord in brons
30 1988 De Cock en een dodelijke dreiging
31 1989 De Cock en moord eerste klasse
32 1989 De Cock en de bloedwraak
33 1990 De Cock en moord à la carte
34 1990 De Cock en moord in beeld
35 1991 De Cock en danse macabre
36 1992 De Cock en een duivels komplot
37 1992 De Cock en de ontluisterende dood
38 1992 De Cock en het duel in de nacht
39 1993 De Cock en de dood van een profeet
40 1993 De Cock en kogels voor een bruid
41 1994 De Cock en de dode meesters
42 1994 De Cock en de sluimerende dood
43 1995 De Cock en ’t wassend kwaad
44 1995 De Cock en het roodzijden nachthemd
45 1996 De Cock en moord bij maanlicht
46 1996 De Cock en de geur van rottend hout
47 1997 De Cock en een dodelijk rendez-vous
48 1997 De Cock en tranen aan de Leie
49 1998 De Cock en het lijk op drift
50 1998 De Cock en de onsterfelijke dood
51 1999 De Cock en de dood in antiek

Andere titels van Baantjer:
De dertien katten
Misdaad in het verleden
Een Amsterdamse rechercheur
Rechercheur Baantjer van bureau Warmoesstraat vertelt, deel 1 t/m 10

Verkrijgbaar bij de boekhandel

A. C. Baantjer

De Cock
en de ontgoochelde dode

Fontein Paperback

Eerste druk 1977
Negentiende druk 1999

ISBN 90 261 0124 4

Omslagontwerp: Studio Combo
Omslagfoto: Peter Coene

1

Het was warm voor maart. Een mild voorjaarszonnetje blikte door de uitbottende iepen aan de walkant van de oude Brouwersgracht en dartelde speels over het rimpelende water. Rechercheur De Cock van het politiebureau aan de Warmoesstraat stond op het achterdek van een platte kolenschuit en zag hoe twee onaandoenlijke broeders van de geneeskundige dienst het lijk van een man uit het troebele water van de gracht visten. Omzichtig trokken ze het net met het lichaam omhoog. Het schuurde langs de stenen beschoeiing.
De rechercheur wreef met de rug van zijn hand het zweet van zijn voorhoofd. Hij had na de melding rustig van het bureau naar de gracht willen wandelen - een dode wek je niet meer tot leven - maar de jonge Vledder had zich niet aan zijn bedaagd slentergangetje willen houden. Hij had in zijn jeugdig enthousiasme het tempo fel opgevoerd.
De Cock pufte nog wat na. Onder zijn colbertje broeide de eigengebreide pullover, die zijn zorgzame vrouw hem dwong te dragen zolang er nog een 'r' in de maand was. Hij schoof zijn oude, vilten hoedje wat naar achteren en knoopte zijn wollen sjaal los. Het ding kriebelde onder zijn kin.
De broeders trokken het druipende net op de walkant en sleepten met een brancard. Het ging alles even rustig en met grote routine.
De Cock sprong van de kolenschuit en slenterde naderbij. Samen met Vledder boog hij zich over het lichaam. Het grachtwater stonk.
De dode was een lange, slanke, goedgebouwde man. Betrekkelijk jong nog. De Cock schatte hem op dertig, vijfendertig jaar. Niet ouder. Hij droeg een zwarte, nauwsluitende pantalon met steekzakken en een donkerblauwe trui met een kol. Verder niets. Geen colbert, geen overjas. De naar verhouding wat kleine voeten staken in een paar nog nieuwe basketballschoenen. Het haar, dat in slierten voor zijn gezicht hing, was dun, sluik en asblond.
De Cock duwde met een dikke middelvinger de gesloten oogleden één voor één open. De kleur van de irissen was lichtend blauw; de pupillen waren normaal, niet vergroot of vernauwd.

Het gelaat bood geen bijzonderheden. Het was ovaal, met iets ingevallen wangen. De grove huid met diepe poriën was iets gebruind. Hij had een scherpe, haast puntige neus en een brede, wilskrachtige kin. In de half open mond met smalle, wat weggetrokken lippen blonk een rij regelmatige, sterke, witte tanden. Volgens de gangbare maatstaven had de dode een knap gezicht, open, met vriendelijke, innemende trekken. Het dodenmasker werd slechts ontsierd door een grote, gapende wond, die schuin boven het linkeroog, halverwege het voorhoofd begon en nog een centimeter of drie onder de haargrens doorliep. Aan de lange, smalle vingers ontbraken sieraden. Er was zelfs geen insnoering van een trouwring te zien.
Vledder keek De Cock vragend aan. 'Post mortem?'
'Je bedoelt die wond?'
'Het ziet er ernstig uit, vind je niet?'
De Cock knikte traag. 'Het is een ernstige wond, inderdaad. Maar het hoeft natuurlijk niets te betekenen. Het is heel goed mogelijk dat de man zuiver per ongeluk in de gracht is gelopen en daarna verdronken. Die hoofdwond kan best eerst na zijn dood... hoe noemde jij dat ook weer?'
'Post mortem.'
De Cock kuchte. 'O ja, post mortem zijn ontstaan. Ik denk bijvoorbeeld aan een klap van een schroef van een of andere rondvaartboot.'
Vledder keek zijn oudere collega van opzij aan. Het spottende 'post mortem' was hem niet ontgaan. 'Er varen geen rondvaartboten door de Brouwersgracht,' zei hij vinnig.
De Cock glimlachte. 'Heel goed,' zei hij quasi bewonderend, 'maar je vergeet dat het water van de grachten elke nacht via het Noordzeekanaal en de sluizen van IJmuiden wordt gespuid. Het grachtwater is 's nachts altijd flink in beweging.'
Vledder knikte begrijpend. 'Je wilt zeggen dat de man niet per se hier in de Brouwersgracht te water hoeft zijn geraakt.'
'Zo is het. Lijken leggen in ons grachtenstelsel soms hele afstanden af. Ik zou je daar een staaltje van kunnen vertellen.' De Cock maakte een grimas. 'En het is nooit vooruit te zeggen waar ze terechtkomen.'
Vledder kauwde een tijdje zwijgend op zijn onderlip. Daarna gebaarde hij hoofdschuddend naar de dode man op de brancard. 'Ik weet het niet,' zei hij met een lichte aarzeling, ' maar ik heb

het ellendige gevoel dat we nog een heleboel narigheid met hem krijgen. Ondanks jouw theorie over schroeven van rondvaartboten... die vreemde wond aan zijn hoofd zint mij toch niet. Bovendien lijkt de man mij niet het type dat 'zomaar' in het water loopt.'
De Cock keek naar hem op. 'Wat bedoel je met 'zomaar'?'
'Zonder duwtje.'
De Cock reageerde niet. Hij kwam langzaam uit zijn gebukte houding omhoog en wenkte de wachtende broeders. Zij namen de brancard op en schoven hem in de ambulancewagen. Daarna deden ze de deuren dicht. Een groepje nieuwsgierige Amsterdammers droop af.
De grijze speurder legde zijn hand op de krachtige schouder van zijn jonge collega. 'Het lijkt mij het beste,' zei hij vriendelijk, 'dat jij met de ambulancewagen meegaat naar het ziekenhuis. Ik zal de dactyloscopische dienst en de fotograaf onmiddellijk achter je aansturen. Als de jongens hun werk hebben gedaan, laat je de man door de broeders ontkleden. Doe de kleren in een paar plastic zakken. Ze kunnen ons van pas komen. Neem vooral een uitgebreid signalement op en kijk of hij nog ergens papieren bij zich heeft.'
'En dan?'
'Dan laat je het lijk naar het sectielokaal overbrengen. Ik zal de commissaris verslag doen en hem zeggen dat hij dr. Rusteloos waarschuwt.'
'En waar vind ik jou dan weer?'
De Cock grijnsde. 'Als ik niet op bureau ben... in het cafeetje van Smalle Lowietje. Mijn rauwe keel dorst naar het fluweel van een cognackie.'

In het schemerig, intiem lokaaltje op de hoek van de Oude Barndesteeg en de Achterburgwal hees rechercheur De Cock zijn zware bovenlijf op een barkruk en keek rond. Vanaf zijn vertrouwde plekje aan het uiteinde van de bar had hij een goed zicht over de aanwezigen. De man die hij zocht, was er niet.
Hij stak met trage bewegingen een sigaret op en blies de rook naar de lage zoldering. Hij had de commissaris over het vinden van het lijk ingelicht. De Ouwe had gewoontegetrouw de Officier van Justitie op de hoogte gebracht en dr. Rusteloos gevraagd sectie te verrichten. De Cock hoopte dat de patholoog-

anatoom morgen een groot percentage alcohol in het bloed van het slachtoffer zou aantreffen. Hij kon dan veilig aannemen dat de man met een zatte kop in de gracht was gelopen. Uiteindelijk gebeurde dat wel meer. En als de dokter dan verder nog zo vriendelijk was te verklaren dat die akelige hoofdwond na de dood was ontstaan, wel, dan was het afwikkelen van de affaire slechts een kwestie van een kort procesverbaal en het invullen van een serie formulieren. Maar hij was er, eerlijk gezegd, niet gerust op. De jonge Vledder had gelijk. De man leek niet het type dat 'zomaar' in het water liep.
Hij legde zijn hoedje op zijn knie en leunde behaaglijk met zijn rug tegen de muur. Hij zat graag zo aan het einde van de bar. Als zijn werk in de misdaad het even toeliet, wipte hij het politiebureau uit en slenterde langs de rode lichtjes en lichte meisjes naar het penozecafeetje aan de Wallen, waar hij bijna iedereen kende. De Cock genoot de wat twijfelachtige reputatie in de onderwereld meer vrienden te tellen dan daarbuiten. Hij sprak het nooit tegen.
Smalle Lowietje streek met zijn handen langs zijn morsig vest en kwam glimlachend op hem toe, 'Het oude recept?' Zonder op antwoord te wachten pakte hij de fles fijne 'Napoléon' die hij speciaal voor De Cock in voorraad had, en schonk in. 'Was er veel werk aan de winkel? Ik heb u een paar dagen gemist.'
De Cock grijnsde breed, 'en ik mijn cognac.' Hij nam het bolle glas op, schommelde het zachtjes in de hand en snoof. Op zijn vriendelijk gezicht verscheen een uitdrukking van opperste verrukking. Hij nam voorzichtig een slokje en liet de drank genietend langs zijn keel glijden. 'Weet je, Lowie,' zei hij dromerig, 'ik wist bijna niet meer hoe het smaakte.'
De caféhouder lachte. 'Ik heb een nieuw voorraadje voor u ingeslagen.'
De Cock zette met een haast devoot gebaar het glas voor zich neer en boog zich iets voorover. Onderwijl fluisterde hij: 'Waar kan ik de Puitaal vinden?'
Het gezicht van Lowietje betrok. Het kreeg een haast smartelijke uitdrukking. 'Zoek je hem?'
De Cock glimlachte. 'Bezorgd?'
De Smalle haalde wat mistroostig zijn schouders op. 'Je moet niet vergeten... het zijn mijn klanten. Als ik ze allemaal aan jou uitlever, kan ik mijn zaak wel sluiten.'

De Cock glimlachte. 'Hij werkte toch altijd alleen?'
'Wie?'
'De Puitaal.'
'Ja.'
'Nog?'
Op het levendige muizegezicht van Smalle Lowietje verscheen een sluwe uitdrukking. 'Hoezo?'
De Cock keek onverschillig voor zich uit. 'Ik dacht dat hij een gabbertje had.'
De Smalle blikte schichtig om zich heen of niemand hun gesprek afluisterde. Hij stond in de buurt niet graag als 'verrader' te boek. 'Dat had hij ook,' zei hij zacht, 'maar het is al weer voorbij. De jongens kregen bonje samen. 'Hij boog zich nog wat dieper naar de rechercheur. 'Je weet toch dat de Puitaal een goed jaar geleden bij een inbraak uit een dakgoot is gevallen?'
De Cock knikte traag. 'Van een villa aan de Rivierenlaan. Ik heb gehoord dat hij daarna maandenlang van het ene ziekenhuis naar het andere is gesleept.'
De Smalle trok een droef gezicht. 'Precies! Er was iets met zijn rug. Er waren door die val, geloof ik, een paar werveltjes losgeschoten. Ze dachten dat hij de rest van zijn leven in een rolstoel zou moeten doorbrengen, maar ze hebben hem weer aardig opgelapt. Je ziet zo niks meer aan hem.' De caféhouder schudde mistroostig het hoofd. 'Toch is de Puitaal niet helemaal meer de oude. Hij kan niet meer zo goed uit de voeten als vroeger, begrijp je. Het wil niet meer. Hij is ook wat bang geworden.' De Cock grijnsde. 'Daarom zocht hij een compagnon die het gevaarlijke werk voor hem kon opknappen.'
Lowietje lichtte zijn linkerschouder. 'Zo zou je het kunnen noemen,' zei hij weifelend. 'Maar je moet het natuurlijk niet van één kant zien. Tenslotte bracht de Puitaal een hoop sjoege mee. Dat heb je niet zomaar. Daar gaan jaren overheen. Geloof me, de Puitaal kon er wat van.'
De Cock knikte instemmend. 'Waar kwam het gabbertje vandaan?'
Lowietje maakte een hulpeloos gebaar. 'Dat weet ik niet. Dat weet geen mens. Plotseling was hij er. En ineens hoorden we dat hij met de Puitaal samendeed.'
'Waar ging de ruzie over?'
De tengere caféhouder stak in wanhoop beide armen omhoog.

'Dat zou je de Puitaal zelf moeten vragen.'
De Cock pakte zijn glas weer op en lachte. 'Dan zijn we nu net zo ver als toen we begonnen... Waar kan ik hem vinden?'
Smalle Lowietje zuchtte diep. 'Ik zal hem naar je toesturen,' zei hij.
Het ging niet van harte.

'En?'
Vledder trok een bedenkelijk gezicht. 'Het ziet er lelijk uit. De man had niets bij zich.'
'Niets?'
De jonge rechercheur schudde mistroostig het hoofd. 'Geen papieren, geen geld. Niets. Nog geen stuiver voor de orgelman. En op de lijst van vermiste personen komt hij niet voor. Ik heb ze allemaal doorgenomen. Er is niemand die op hem lijkt.'
'Zijn kleding?'
'Daaruit zijn kennelijk alle merken en nummers verwijderd. Ik heb alleen een paar torngaatjes ontdekt.'
De Cock schoof zijn dikke onderlip naar voren. 'Dat is niet zo mooi. En wat zeggen ze bij de dactyloscopische dienst?'
'Ze hebben op mijn verzoek zijn vingerafdrukken onmiddellijk geclassificeerd en nagekeken. Hij komt in de collectie niet voor.'
De Cock streek met zijn hand over zijn breed gezicht. 'Met andere woorden... we zitten met een onbekend lijk.' Vledder liet zich op een stoel zakken. 'Dat is nog niet het ergste. De man is vermoord.'

2

'Vermoord?'
'Ja.'
'Wie was de schouwarts?'
'Oude dokter De Koning. Ik had de indruk dat hij volkomen overtuigd was. Hij zei dat hij niet op de resultaten van de sectie vooruit wilde lopen, maar dat er naar zijn mening tekenen waren dat de man niet door verdrinking om het leven was gekomen.'

De Cock plukte aan zijn dikke onderlip. 'Niet door verdrinking,' herhaalde hij traag.
Vledder schudde het hoofd. 'Volgens dokter De Koning was de man al dood voordat hij in het water terechtkwam.'
De Cock knikte met een ernstig gezicht. 'Ik was er eerlijk gezegd al bang voor. Het leek niet op een ongeval. Heb je nog gevraagd hoe de dokter tot zijn conclusie kwam?' Vledder glimlachte. 'Hij gaf mij geen kans. Vraag morgen, na de sectie, dr. Rusteloos maar om bijzonderheden, zei hij. Ik zal mij wel met hém in verbinding stellen.'
'En toen?'
'Toen zei hij heel laconiek dat de man was overleden.'
'Meer niet?'
'Nee,dat was alles. Nou ja, hij wilde dan nog wel bevestigen dat de dood geen natuurlijke oorzaak had, zodat van een gewelddadige dood moest worden gesproken.' De Cock glimlachte. Het verbaasde hem niets. Hij kende de gemeentelijke schouwarts al jaren. Hij was een uiterst bekwaam, maar altijd wat excentrieke man, die door zijn vreemd gedrag vooral de jonge rechercheurs tot wanhoop bracht.
'Waren er verder nog verwondingen, ik bedoel: buiten die wond aan het hoofd?'
'Nee, verder was hij puntgaaf. Hij had zelfs zijn blindedarm nog.'
'Tatoeëringen?'
Vledder zuchtte. 'Geen tatoeëringen, geen littekens. Alleen een moedervlek op zijn rechterschouderblad.'
De Cock wreef met zijn hand over zijn kin. 'Dat is dan,' zei hij somber, 'niet veel om een onderzoek naar een moord mee te beginnen.' Hij kwam langzaam achter zijn bureau vandaan en begon door de grote recherchekamer te stappen. In de cadans van zijn tred lieten zijn gedachten zich gemakkelijker ordenen. Na een poosje bleef hij bij het raam staan en keek naar de Heintje Hoeksteeg, waar Mosie, de haringman, zijn kar in de loods bracht.
Het werd al donker buiten. Over een klein uurtje gingen de kroegjes in de Lange Niezel en de Warmoesstraat weer open en raakten de rosse Walletjes in vol bedrijf. Was de onbekende door dit schijnwereldje aangelokt?
Hij draaide zich om en streek met zijn vingers door zijn stugge,

grijze haar. Hij leek wat zorgelijk. De rimpels in zijn gezicht hadden zich verdiept. Hij kwam van het raam vandaan en liep in de richting van Vledder.
'Samenvattend kunnen we stellen,' sprak hij docerend, 'dat onze vriend met een of ander zwaar voorwerp een mep vóór op zijn hersenpan heeft gekregen en aan de gevolgen daarvan is overleden. Om ontdekking te voorkomen heeft men daarna het lichaam in de gracht laten glijden.' Hij zweeg even, tastte naar zijn kin. 'Dat getuigt van grote koelbloedigheid. Het zal niet meevallen de dader te vinden.'
Vledder klapte zijn boekje met aantekeningen op het bureau. 'Waar wil je in godsnaam ergens beginnen?' riep hij geëmotioneerd. 'We weten niets. We kennen niet eens de naam van het slachtoffer.'
Op dat moment rinkelde de telefoon. Vledder nam de hoorn op en luisterde. Hij gebaarde naar De Cock. 'Beneden aan de balie bij de wachtcommandant is een man die zegt dat jij hem wilde spreken. Ene Marinus van Kerkhoven.'
De Cock glimlachte. 'De Puitaal. Laat hem maar boven komen.'
Vledder gaf het bericht aan de wachtcommandant door en legde de hoorn op het toestel terug. 'De Puitaal... dat is toch een bekend inbreker?'
De Cock knikte. 'In zijn goeie jaren een geveltoerist met de allure van een artiest. Maar de laatste tijd hebben we niet veel last meer van hem.'
Vledder keek zijn chef onderzoekend aan. 'Waarom heb je hem dan laten komen?'
De Cock streek met zijn pink over de rug van zijn neus. 'Om... eh... om onze onbekende dode te identificeren.'
'Wat?'
De grijze rechercheur trok een pijnlijk gezicht. 'Tenminste... dat hoop ik. Zie je, wat mij vanmiddag aan de gracht onmiddellijk opviel, basketballschoenen, een nauwsluitende, zwarte pantalon en een donkerblauwe koltrui. Het herinnerde mij aan iemand die altijd zo gekleed ging wanneer hij, klimmend langs de gevels, de huizen binnendrong.'
De ogen van Vledder lichtten op. 'De Puitaal.'
De Cock knikte. 'Maar de Puitaal is, zo wist ik, een eenling, een pure individualist, een man die er altijd in z'n eentje op

uittrok. Ik had nooit gehoord dat hij met iemand samendeed. Toch vond ik de overeenkomst in kleding opvallend... te opvallend om alleen op toeval te kunnen berusten. Daarom trok ik vanmiddag naar Lowietje.'

'En?'

De Cock grijnsde. 'Na wat aarzelingen vertelde de Smalle dat de Puitaal voor korte tijd een compagnonschap had gesloten met een onbekende, vrij mysterieuze figuur, die plotseling , zomaar uit het niets, in het penozewereldje was neergestreken.'

Over het nog jongensachtige gezicht van Vledder gleed een blijde glimlach. 'Onze dode,' riep hij verrast.

De Cock stak afwerend een hand op. 'Laten we niet op de feiten vooruitlopen. Het lijkt mij in ieder geval interessant te horen wat de Puitaal ons te vertellen heeft. Er is namelijk een markant bijzonderheidje: het compagnonschap werd door ruzie ontbonden.'

Er werd geklopt.

Achter het geribde glas van de deur van de recherchekamer schemerde het silhouet van een man.

'Binnen!'

Het duurde even. Toen ging de deur open en verscheen een haast tengere man, die traag, ietwat moeilijk lopend naderbijkwam. De Cock herkende de Puitaal. Hij zag er slecht uit, vond hij. Zijn gezicht zag grauw, de ogen stonden dof en rond de mond lag een pijnlijke trek.

'De Smalle zei dat u mij nodig had.'

De Cock knikte de Puitaal vriendschappelijk toe. 'Ik wil dat je iemand ontmoet.'

De inbreker hield het hoofd wat schuin en keek de rechercheur onderzoekend aan.

'Hier?'

De Cock schudde het hoofd. Hij slenterde naar de kapstok, zette zijn hoedje op en trok zijn jas aan. 'We gaan een eindje rijden.'

Vledder chauffeerde de Volkswagen via de smalle Leidsestraat naar de Overtoom. Voor het sectielokaal op nummer 31 stopte hij.

De Puitaal keek vreemd op. 'Wat moet ik hier doen?' Zijn stem had een angstige ondertoon.

De rechercheurs keken hem aan, maar antwoordden niet. Ze

namen de inbreker tussen zich in en staken het brede trottoir over. De Cock nam een sleutel uit zijn zak en opende de deur. Zijn hand gleed tastend naar de schakelaar. Vledder duwde de Puitaal zachtjes voor zich uit naar binnen. De penetrante geur van een desinfecterend middel walmde hen tegemoet.
Ongeveer midden in de zaal, op een wat schuin aflopende, granieten tafel, lag het naakte lijk van de onbekende man. Het was geheel met een laken bedekt.
De beide rechercheurs stapten naderbij. Hun voetstappen klonken hol, weerkaatsten tegen de witbetegelde wanden. De Puitaal volgde schoorvoetend. Hij voelde zich kennelijk niet op zijn gemak. Hij zag bleek en zijn neusvleugels trilden.
De Cock nam eerbiedig zijn hoedje af en plooide zijn gezicht in een uitdrukking van diepe droefheid. Strak in de houding, met iets gebogen hoofd, bleef hij enige tijd voor de dode staan. Hij speelde deze scène met veel nadruk. Het behoorde tot zijn vaste repertoire. Soms was hij echt bedroefd, zoals nu, omdat de vriendelijke gelaatstrekken van de dode, al van het begin af, gevoelens van sympathie bij hem hadden opgewekt. Soms ook was het een met ernst gespeelde komedie, waarin hij zelf geloofde omdat het hem al dikwijls succes had gebracht. Er waren maar weinig moordenaars die een lange, zwijgende confrontatie met hun dode slachtoffer konden verdragen.
Hij keek naar de Puitaal. Om de wat weke mond van de inbreker trilde een zenuw. Zweetpareltjes glinsterden op zijn voorhoofd.
De Cock tilde voorzichtig een punt van het laken op en toonde het gezicht van de dode man. De Puitaal slikte. Zijn tong gleed langs zijn droge lippen.
'Dat is... eh... ' stamelde hij, 'dat is Leon.'

De Cock schoof zijn stoel dichterbij. Met beide ellebogen steunend op zijn bureau liet hij het hoofd in zijn handen zakken. Op zijn gezicht lag een brede , ongelovige grijns. 'Je hebt die kloof in zijn hersenpan gezien,' zei hij wat zalvend. 'Je kunt moeilijk volhouden dat je daar niets mee te maken hebt. Iedereen weet toch dat je ruzie met hem had?'
De Puitaal stak in wanhoop beide armen omhoog. 'Dat heeft er niets mee te maken,' riep hij rauw. 'Niets!'
De Cock glimlachte fijntjes. 'En dat moet ïk geloven?'
De inbreker klemde zijn lippen op elkaar. 'Dat moet je zelf

weten, De Cock,' riep hij fel. 'Ik kan je het geloof niet geven. Ik zeg je alleen dit: ik heb hem zijn hersens niet ingeslagen. En het mag je misschien vreemd in de oren klinken, maar Leon was mijn vriend.'
De Cock schoof zijn onderlip naar voren. 'Een vriend die jou bedroog.'
Uit de ogen van de Puitaal schoot vuur. 'Dat is niet waar!' De Cock haalde wat nonchalant zijn schouders op. 'Waarom dan die ruzie?'
De inbreker liet zijn hoofd iets zakken. 'Hij... eh... Hij wilde zich niet aan mijn... eh... mijn aanwijzingen houden. Hij dacht dat hij het beter wist.' De Puitaal snoof. 'Nou, je hebt het gezien.' Zijn stem had een droeve klank. 'Je hebt het gezien.' Een tijdje zweeg hij. 'De jongen had naar mij moeten luisteren. Dan was het niet gebeurd. Maar ze denken al direct dat ze niets meer hoeven te leren... dat ze het al kunnen.'
'Wat?'
Over het smalle gezicht van de inbreker gleed een matte glimlach. 'Je weet toch hoe ik aan de kost kom?'
De Cock knikte traag. 'Luister eens, Puitaal,' sprak hij ernstig, 'dit is moord. Met andere woorden... ik ben er niet op uit om je voor de een of andere kraak een jaartje of wat in de bak te helpen. Je kunt wat dat betreft volkomen openhartig zijn.' Hij gebaarde naar de inbreker. 'Wel, hoe was het tussen jou en Leon?'
De Puitaal zuchtte. 'Je heb gelijk. Ik kan beter alles vertellen. Zie je, sinds mijn val vorig jaar ben ik niet zo zeker meer. Op de meest onmogelijke momenten gaan mijn knieën trillen. En dat kun je niet hebben in mijn werk. Daarom zocht ik een handig gabbertje dat wat van mij wilde leren, begrijp je? Nou, die Leon leek mij wel wat. Een jongen met stalen zenuwen en... zonder reputatie. Hij was zelfs bij jullie niet bekend.'
De Cock keek hem scherp aan. 'Hoe weet je dat?'
De Puitaal grinnikte. 'Bij een van onze eerste kraakjes samen vergat hij handschoenen te gebruiken. Ik dacht: nou, daar gaat Leon, de bajes in. Maar jullie kwamen niet eens op hem af.' Hij grinnikte opnieuw. 'Zie je, dat kon maar één ding betekenen: jullie hadden zijn 'vingertjes' niet. Het gabbertje was bij jullie onbekend.'
De Cock gaf een knipoogje van verstandhouding. 'Heel goed.

En verder?'
De Puitaal maakte een mistroostig gebaar. 'Het feest heeft alles bij elkaar nog geen maand geduurd. Toen kregen we ruzie. Leon wilde...' Hij stokte plotseling. Zijn groene ogen lichtten fel op. Hij keek de rechercheur wat verwilderd aan. 'Is er een kraak geweest op de Keizersgracht?'
De Cock fronste zijn wenkbrauwen. 'Wanneer?'
'Vannacht.'
'Hoezo?'
'Nou daar ging de ruzie om. Leon wilde ergens bij een pandje aan de Keizersgracht naar binnen. Hij dacht dat daar heel wat was te halen. Maar het was een gok. Hij had geen enkele informatie. Het kon best een flop zijn. Daarom was ik erop tegen. Ik ben van mijn leven nog nooit ergens op de bonnefooi naar binnen gegaan. Ik moet voor mezelf eerst zeker weten dat er iets te halen valt. Anders blijf ik gewoon thuis. Ik ben geen mannetje van de 'wilde pikvaart'. Het is stom om risico's te nemen voor niets. En dat heb ik hem gezegd.'
'En toen?'
De Puitaal spreidde zijn armen. 'Leon was er niet af te brengen. Hij wilde zelfs niet wachten. Als jij niet meewilt, zei hij, dan ga ik alleen. Ik ben tenslotte niet met je getrouwd.'
De inbreker staarde wat somber voor zich uit.' Nou,' zei hij met een zucht, 'en dat was het begin van het einde. We kregen hooglopende ruzie. Ik schold hem zijn huid vol. Ik was woest, zie je, omdat hij zo halsstarrig bij zijn plannetje bleef. Ik verweet hem ondankbaarheid. Nietwaar? Ik had hem uit de goot opgeraapt. Ik zei dat hij een vent van niks was, dat het zonde was van de tijd die ik aan hem had besteed. Toen hij kwaad wegliep, smeet ik hem een bierglas na.'
'En?'
'Ik raakte hem niet.'
De Cock wreef met zijn hand over zijn gezicht. Zijn hersenen werkten snel. 'Kende je het pandje waar Leon naar binnen wilde?'
'Nee, ik ben niet eens gaan kijken?'
'Weet je dan het nummer?'
De Puitaal schudde het hoofd. 'Hij zal het wel hebben gezegd, maar ik weet het niet meer.Ik heb niet zo goed geluisterd. Het interesseerde mij niet, begrijp je? Onze afspraak was dat ik zou

uitmaken waar we naar binnen zouden gaan, en niet hij. Daarom wilde ik er gewoon niets van horen. Ik herinner me alleen dat het ergens op de Keizersgracht was.'
De Cock knikte begrijpend. 'Waar woonde Leon?'
De Puitaal schudde opnieuw het hoofd. 'Dat weet ik niet. Ik ben nooit bij hem thuis geweest. Ik ontmoette hem altijd in het café van Smalle Lowietje.'
De Cock stond van zijn stoel op. Op zijn typische, wat waggelende manier slenterde hij door de grote recherchekamer. Achter de inbreker bleef hij staan.
'Enfin,' zei hij, 'onze dode heette dus Leon.'
'Dat... eh... dat weet ik niet.'
'Hoe bedoel je?'
'Ik weet niet of hij Leon heette.'
De Cock keek hem niet-begrijpend aan. 'Dat zei je toch?'
De inbreker knikte. 'Ik noemde hem Leon. Gewoon omdat ik vond dat het bij hem paste. Maar hoe hij werkelijk heette...' De Puitaal haalde zijn schouders op. 'Ik heb zijn echte naam nooit horen noemen.'

3

Nadat Marinus van Kerkhoven, alias 'de Puitaal', in roerende onschuld was vertrokken, slenterde De Cock met lome voeten terug naar zijn stoel. Hij voelde zich moe, intens moe. Een helse prikkeling tintelde door zijn voetzolen en trok krimpend langs zijn kuitspieren omhoog. Met een van pijn vertrokken gezicht tilde hij zijn beide benen op en legde ze voorzichtig voor zich op het bureau. Het gaf hem een zoet gevoel van bevrijding. Langzaam trok de prikkeling weg. Hij slaakte een zucht van verlichting.
Hij leunde behaaglijk achterover en stak met trage bewegingen een sigaret op . Zijn breed plooiengezicht kreeg een zonniger aanzien. Hij blies de rook langs de zoemende TL's naar de zoldering en ging in gedachten alles nog eens na, vanaf het moment van het vinden van het lijk in de gracht tot aan het laatste gesprek met de inbreker. Hij kwam tot de wat trieste

overtuiging dat hij maar weinig voortgang had geboekt.
Over de brede punten van zijn dienstschoenen keek hij naar de jonge Vledder, die met een somber gezicht de hoorn op het toestel smeet. 'Geen inbraak?'
Vledder schudde het hoofd. 'Ze zijn bij de inspecteur van dienst alles voor mij nagegaan. Er is van de Keizersgracht geen enkele melding van een inbraak binnengekomen.'
De Cock krabde zich achter in de nek. 'Dat is dan jammer,' zei hij peinzend. Het had voor ons een aanwijzing kunnen zijn, of een leidraad.' Hij zweeg even, plukte nadenkend aan zijn onderlip. 'Hoewel... uit het feit dat er geen melding van een inbraak is gedaan, zou men weer kunnen concluderen dat onze man al een klap op zijn hersenpan kreeg nog vóór hij aan zijn inbraak toekwam.'
Vledder schoof een stoel bij. 'Dat kan ook heel goed,' zei hij enthousiast. 'Uit het verhaal van vriend de Puitaal krijg je de indruk dat het één uit het ander voortvloeit. Dus dat de klap betrekking heeft op de plannen van zijn ex-gabbertje. Maar misschien bestaat er wel geen enkel verband tussen de geplande inbraak en de moord.'
De Cock haalde zijn schouders op. 'We weten nog zo verrekte weinig,' zei hij wrevelig. 'Dat is de ellende! Het is heel goed mogelijk dat de Puitaal wel gelijk heeft en dat onze man bij zijn inbraakpoging werd neergeslagen. Ik denk bijvoorbeeld aan een bewoner of een conciërge, die hem bij een inbraakpoging betrapte.'
Vledder keek zijn oudere collega wat verwonderd aan. 'In dat geval had de dader toch beter de politie kunnen waarschuwen? Hij had zich altijd op noodweer kunnen beroepen.'
De Cock knikte traag. 'Tenzij de man door zijn daad zo erg is geschrokken, dat hij in paniek raakte en alleen werd gedreven door de gedachte: Hoe raak ik die dooie vent kwijt? In zo'n geval hoef je op geen melding te rekenen. Zo'n man houdt zich koest. Wat dacht je? Misschien dat hij later op zijn sterfbed bekent dat hij eens een man heeft neergeslagen...'
Vledder grinnikte. 'Als-we-daar-nu-eens-op-wachtten?'
De Cock krulde zijn lippen tot een glimlach. 'Ik ben bang dat dan de commissaris in paniek zou raken.' Hij gebaarde naar de jonge rechercheur. 'Heb je dat verhaal van de Puitaal over die achtergebleven vingerafdrukken nog nagetrokken?'

Vledder knikte. 'Dat klopt. De luitjes van de dactyloscopische dienst hebben de vingerafdrukken van onze man met 'liggende' sporen vergeleken. Ze komen overeen met de afdrukken, gevonden bij een inbraak in een villa aan de Zuidelijke Wandelweg, een week of vier geleden.'
'Was er wat te halen?'
Vledder snoof minachtend. 'De buit was niet groot. Er werden een vrij waardeloos snoer imitatieparels weggehaald en een paar rijksdaalders en guldens uit een potje met huishoudgeld.' Hij grinnikte. 'Daar was nog heel wat breekwerk voor verzet. Het leek, als je het mij vraagt, meer op een vingeroefening voor een beginneling dan op een echte kraak.'
De Cock lachte. 'Eerste les voor beginners van meester de Puitaal.' Hij streek met zijn korte vingers door zijn haar. Een gewoontegebaar wanneer hij nadacht.
'Toch vind ik het maar gek,' zei hij peinzend, 'dat we nog steeds niet weten wie onze dode vriend is. Zijn signalement is toch aan de pers doorgegeven?'
Vledder knikte overtuigend. 'Vrijwel direct nadat ik van het ziekenhuis terugkwam. Ik denk dat het signalement de avondbladen nog wel heeft gehaald. Ik had er graag een duidelijke foto van het lijk bij gedaan, maar daar wilde de commissaris niet van horen. Toen ik het hem voorstelde, keek hij mij aan of ik een vieze jongen was.' De Cock lachte. 'Voorlopig dus niet meer dan een kort berichtje.'
'Wanneer u vanavond,' zei Vledder op wat plechtstatige toon van de commissaris, 'de identiteit van die dode nog niet heeft vastgesteld, dan wil ik morgen bezien of een oproep via de radio wenselijk is. Ik dacht dan na het nieuws van één uur.'
De Cock lachte om de imitatie van Vledder. 'Zo, zo,' zei hij spottend, 'dat is dan toch bijzonder vriendelijk van onze chef.'
Hij keek schuin omhoog naar de elektrische klok aan de wand. Het was ruim een half uur na middernacht. Hij wuifde naar Vledder. 'Je moest maar naar huis gaan, Dick,' zei hij vriendelijk. 'Slaap goed uit, maar zorg ervoor dat je morgenochtend op tijd bij de sectie bent. We kunnen dr. Rusteloos niet laten wachten.'
Hij tilde opmerkelijk kwiek zijn benen van het bureau en slenterde naar de kapstok. Met een nonchalant gebaar plantte hij zijn oude hoedje achter op het hoofd en knoopte zijn sjaal om.

Vledder keek hem wat achterdochtig aan. 'En wat ga jij doen?' De Cock antwoordde niet direct. Hij trok zwijgend zijn jas aan en wandelde naar de deur. Op zijn gezicht lag een peinzende uitdrukking. 'Ik ga nog eens terug naar Lowietje. Hij weet altijd meer dan je verwacht. Misschien kan hij me meer vertellen waarom onze dode vriend juist naar een huis aan de Keizersgracht wilde.'

Met zijn handen diep in zijn zakken van zijn duffelse jas stapte De Cock vanuit de Warmoesstraat de Lange Niezel in. Hij had, voor hij de straat op ging, achter de balie, bij de wachtcommandant, het korte kranteberichtje over de dode man gelezen. LIJK VAN ONBEKENDE MAN stond erboven.

De commissaris had de krantejongens kennelijk niets van de hoofdwond gezegd. Er werd in het berichtje met geen woord over gerept. Na een vrij uitvoerig signalement volgde de gebruikelijke oproep: Een ieder die inlichtingen kan verschaffen...

De Cock versnelde zijn pas. Hij moest voortmaken, bedacht hij, anders was het café van Smalle Lowietje dicht. En misschien trof hij de Puitaal nog. Er waren hem achteraf een paar vragen te binnen geschoten... vragen over vriend Leon, over zijn familie, vrienden, kennissen, vrouw, kinderen, vriendinnetjes... die vent moest toch sociale bindingen hebben. Geen mens leefde in het luchtledige.

Terwijl hij voortliep, hoorde hij plotseling achter zich het geklik van hoge hakjes op het asfalt. Hij hield zijn pas in en draaide zich om. Vanuit de 'Old Sailors Place' kwam een vrouw in een strak, felrood japonnetje haastig op hem toelopen. Hij herkende onmiddellijk Zwarte Sylvie, een wat belegen barmeisje dat praktisch in haar eentje een oude zeemanskroeg dreef.

'Ik zag u net voorbijgaan,' hijgde ze toen ze bij hem was. 'Ik dacht bij mezelf: ik zal het toch effe aan De Cock vragen.'

'Wat?'

'Nou, of het waar is dat ze die blonde jongen hebben doodgeslagen.' De grijze rechercheur trok zijn wenkbrauwen op. 'Wie zegt dat?'

Ze gebaarde met haar hoofd. 'De Puitaal. Hij zei dat jullie hem er nog een tijdje voor hadden vastgehouden.'

Ze sloeg haar handen aan haar hals en huiverde in haar dunne jurkje. 'Kom, De Cock,' zei ze rillend, 'ga effe mee naar

binnen. Krijg je een pilsje van me.'
De rechercheur liep glimlachend achter haar aan.
Het was stil in de 'Old Sailors Place'. Aan een tafeltje achteraf, in een schemerige hoek, dronk een eenzame zeeman zijn verdriet weg. Verder was er niemand. De Cock hees zich moeizaam op een barkruk en keek hoe Zwarte Sylvie een biertje voor hem tapte. In het schaarse kroeglicht met veel roze zag ze er nog aantrekkelijk uit. Maar hij kende haar al uit de tijd dat ze pas op de vlakte verscheen, en wist dat ze ver over de veertig was. Hij mocht haar wel, Zwarte Sylvie. Ze was niet, zoals zovele barmeiden uit de buurt, een inhalige hyena, die iedere bezoeker afkloof tot op het bot. Ze was menselijker, warmer. Te warm misschien, want het aantal mannen in haar leven was legio.
'Kende je die blonde?'
Ze zette het pilsje voor hem neer. 'Wat heet kennen,' zei ze laconiek. 'Ik heb hem een paar dagen bij me in huis gehad.'
'Wanneer?'
'Zo'n week of zes geleden, denk ik. Hij kwam hier op een avond binnenstappen, zonder jas, kletsnat en blauw van de kou. Mag ik effe bij de kachel zitten? vroeg ie.'
Ze schudde haar hoofd. 'Normaal begin ik daar niet aan. Ik heb hier tenslotte geen logement. Maar ik zag direct dat het geen echte zwerver was. Ik heb daar oog voor. Die vent had klasse. Hij had wel een baard van een week en zag er belabberd uit, maar zijn handen... zie je, zijn handen waren goed verzorgd. En daar herken je je mensen aan.'
De Cock nam een slok van zijn bier.
'En toen?'
Ze trok haar mondhoeken tot een grijns. 'Ik heb hem een plaatsje dicht bij de kachel gegeven, Toen heb ik hem een kruidenbittertje gebracht om ook van binnen wat door te gloeien. Hij wilde het eerst niet hebben. Ik kan je niet betalen, zei ie.' Ze hield haar hoofd iets schuin. 'Wie praat er over geld? zei ik.'
De Cock veegde het schuim van zijn mond. 'Hij zat dus wat je noemt aan de grond.'
Ze reageerde niet, maar staarde dromerig langs hem heen. Ze had zijn laatste opmerking kennelijk niet gehoord. Haar grote, bruine ogen glansden.
'Het was een verdomd knappe kerel toen hij zich eenmaal

geschoren had.'
De Cock keek haar onderzoekend aan. 'Je nam hem dus mee naar huis?'
Ze kwam met een schok tot de werkelijkheid terug. 'Wat moest ik?' reageerde ze ineens fel, verontschuldigend. 'Zeg es... wat moest ik? Ik kon hem toch moeilijk zo weer op straat zetten? Het was hondeweer. Waar moest die jongen heen, zonder geld?'
De Cock knikte met een ernstig gezicht. 'Je hebt gelijk,' zei hij ernstig. 'Natuurlijk. Je kon hem moeilijk weer de nacht in sturen.' Hij glimlachte haar vriendelijk toe. 'Hoelang is hij bij je gebleven?'
Ze trok haar linkerschouder wat omhoog. 'Een dag of vier, vijf,' zei ze onverschillig. 'Misschien nog wel langer. Ik weet dat niet zo precies meer. Het was wel gezellig. Dat wel. De dagen vlogen om.' Ze aarzelde. Er kwam een afwezige blik in haar ogen. 'Hij was totaal verwaarloosd. Wat hij aanhad, waren vodden. Ik heb op de Nieuwendijk een pyjama voor hem gekocht, ondergoed, sokken, overhemden. Ik had nog een pak hangen, dat een of andere vrijer bij mij had achtergelaten. Het paste hem precies. Hij ging als een heertje bij mij weg.'
'Waarom?'
'Wat bedoel je?'
'Waarom ging hij weg?'
Ze plooide haar lippen tot een droeve glimlach. 'Wie ben ik, dat ik zo'n binkie kan vasthouden?' Haar stem trilde van melancholie.
De Cock strekte troostend een hand naar haar uit. 'Ik zou nooit bij je zijn weggegaan,' zei hij liefjes.
Ze glimlachte gevleid. 'Ik moet zeggen: hij deed het heel netjes. Hij zei dat hij niet langer kon blijven, dat hij nog nooit op kosten van een vrouw had geleefd en dat hij nog wel eens zou terugkomen als alles voorbij was.'
Ze zwegen. De Cock dronk zijn glas leeg.
'Hoe noemde jij hem?'
'Sjaak.'
'Was dat zijn echte naam ?'
Ze haalde haar schouders op. 'Ik vroeg hem hoe hij heette. Gewoon, zoals je dat doet als je iemand leert kennen. Hij zei: vind je het belangrijk? Ik zei: nee. Toen zei hij: geef me dan

maar een naam die je zelf mooi vindt.' Ze maakte een simpel gebaartje. 'Toen heb ik hem Sjaak genoemd.'
De Cock knikte begrijpend. 'Had hij een vrouw, kinderen, familie? Waar kwam hij eigenlijk vandaan?'
Ze haalde opnieuw haar schouders op. 'Dat weet ik niet. Hij sprak nooit over zichzelf. En ik... Ik heb nergens naar gevraagd.'
De Cock schudde vertwijfeld het hoofd. 'Waar spraken jullie dan over?' vroeg hij kriegel.
Ze lachte met een klokkend geluidje. 'Je hoeft er toch niet bij te praten!'
De Cock grijnsde.
'Ik neem toch aan,' zei hij wat kil, 'dat jullie ook wel eens aan tafel zaten.'
De koele toon van de rechercheur dreef de zoete herinnering wat op de achtergrond. Ze werd opeens ernstig. 'Ik zit al jaren in deze kroeg. Hier komen zeelui uit de hele wereld. Zeelui... zeelui zien nooit wat. Ze komen overal, maar ze zien nooit wat. Vraag een zeeman over Hamburg en hij zal je vertellen over een kroeg die hij kent aan de Reperbahn. Vraag hem over Rio de Janeiro en hij zal je vertellen dat ze daar voor de bordelen in de rij staan. Begrijp je, ze zien nooit wat.'
'En Sjaak?'
Er gleed een glimlach van vertedering over haar gezicht.
'Sjaak... Sjaak was overal geweest. Spanje, Zuid-Frankrijk, Parijs... overal. Niet met vakantie of zo, met een hele meute in een autobus, maar echt, weet je, geleefd onder de mensen. Sjaak had veel gezien. En hij kon ervan vertellen.'
'Bleven jullie de hele dag thuis?'
Ze schudde lachend haar hoofd.
'Dat kon toch niet. Ik moest mijn zaak toch bijhouden? Ik ga elke avond om acht uur open. Sjaak zat meest aan de bar. Daar waar u zit. Hij babbelde dan wat met de klanten of maakte een knobbeltje. Als hij goeie zin had hielp hij 's middags bij het mastiek maken. Een enkele keer ging hij wel eens een straatje om.'
'Kende hij mensen uit de buurt?'
Ze trok een bedenkelijk gezicht. 'Ik dacht van niet. Tenminste niet in de tijd dat hij bij mij in huis was.'
De Cock wreef met duim en wijsvinger in de ooghoeken,

langzaam, nadenkend. Hij worstelde met een kriebelend gevoel van onbehagen. Tegenover hem zat een vrouw die met de man die nu al urenlang zijn gedachten beheerste, vrij intiem was geweest. Toch bleef de man voor hem een onbekende, kreeg de dode naam noch gestalte. Hij bleef voor hem een vreemde, vage figuur, zonder contouren. Dat maakte hem kriegel.
'Heb je nooit iets bijzonders aan hem gemerkt?'
Ze keek hem niet-begrijpend aan.
'Hoe bedoel je?'
De Cock gebaarde wat geagiteerd voor zich uit. 'Heeft hij nooit iets bijzonders gedaan of gezegd? Verdomme, er moet toch iets zijn?'
Ze antwoordde niet direct, zakte dromerig weg in herinneringen. De grijze rechercheur keek haar aan, hoopvol, ongedurig.
'Wacht eens,' zei ze na een poosje. 'Je hebt gelijk. Er was toch iets.' Ze kauwde op haar onderlip en tastte naar haar hoofd. 'Iets dat hij zei.'
'Wat?'
Ze sloot haar ogen. 'Het was,' zei ze weifelend, 'de laatste nacht dat hij bij me was. Ik lag al in bed en wachtte tot hij zou komen. Hij zat in de grote fauteuil bij het raam en rookte zwijgend een sigaretje. Hij was stiller dan normaal. Ik had hem al een paar keer geroepen, maar hij scheen me niet te horen.'
'En toen?'
'Toen zei hij plotseling iets geks. Hij zei: kan iemand die dood is, een moord plegen? Ja, dat zei hij. Kan iemand die dood is, een moord plegen?'

4

'Kan iemand die dood is, een moord plegen?'
Vledder keek verbaasd op. 'Wat zeg je?'
De Cock trok zijn gezicht tot een brede glimlach. Hij trok een lade van zijn bureau open en nam daaruit een blanco vel papier. Met grote, schoolse letters schreef hij: kan-iemand-die-dood-is-een-moord-plegen? Hij bekeek de zin aandachtig en sprak elk woord met nadruk uit.

Vledder keek hem wat verward aan. 'Hoe kom je daar nu bij?'
De Cock grinnikte. 'Het was een vraag waar onze vriend zich mee bezighield.'
'Die man uit de gracht?'
'Ja, onze onbekende dode. Ik heb gisteravond laat nog een vrouwtje gesproken die hem een paar dagen gastvrijheid heeft verleend.'
'Wie?'
'Sylvie, Zwarte Sylvie, een oude kennis van mij. Ze pikte hem een week of zes geleden 'in vodden gehuld' en zonder een cent op zak van de straat op en nam hem mee naar huis.'
Vledder trok zijn wenkbrauwen op. 'Waarom? Ze is toch niet van het Leger des Heils?'
De Cock glimlachte. 'Dat niet. Maar ook Sylvie heeft een groot hart, boordevol naastenliefde. En daar komt dan nog bij dat ze wat in hem zag. Volgens haar had onze vriend 'klasse'. Hij grinnikte. 'En geloof me, als Sylvie een oordeel over mannen geeft, dan weet ze wat ze zegt.'
'Wat bedoelt ze met 'klasse'?'
De Cock maakte een gebaar met zijn hand. 'Standing... voorkomen... beschaving... educatie... een man van goede komaf.'
De jonge rechercheur snoof. 'Wie is er nu van goede komaf?' zei hij minachtend. 'Dat is een ouderwets begrip.'
De Cock beet op het achtereinde van zijn ballpoint. 'Misschien...' zei hij vaag, 'misschien... Toch geeft het mijns inziens wel een beeld van het type man dat onze dode in leven moet zijn geweest. In ieder geval was hij, ondanks zijn relatie met de Puitaal, niet 'zomaar' een inbreker. Qua type zou ik eerder geneigd zijn hem in te delen in de rijen van de oplichters.'
Vledder grinnikte. 'Als hij zich met misdaad bezighield.' De Cock knikte. 'Je hebt gelijk. We kunnen zijn kortstondige verbintenis met de Puitaal moeilijk als een onderdeel van een criminele carrière beschouwen.'
'Wist Zwarte Sylvie niets?'
'Ze noemde hem Sjaak, maar we kunnen gevoeglijk aannemen dat dat zijn ware naam niet was.'
'Waar kwam hij vandaan?'
'Hij had Zwarte Sylvie verteld dat hij enige tijd in Spanje had doorgebracht. Ook zou hij een poos in Frankrijk hebben geze-

ten. Eerst in het zuiden, later in Parijs. We mogen daaruit concluderen dat hij min of meer vloeiend Spaans en Frans sprak.'
'En verder?'
De Cock maakte een grimas. 'Na een paar dagen vol liefde zei hij spijtig dat hij niet langer bij haar kon blijven. Maar het afscheid was niet voor eeuwig. Eens zou hij terugkomen... als alles voorbij was. Zwarte Sylvie heeft op zijn afscheidswoorden niet gereageerd. Ze heeft jammer genoeg niet gevraagd wat hij precies bedoelde.'
Vledder keek naar hem op. 'Is dat alles?'
'Hoe bedoel je?'
'Is dat alles wat je van haar te weten bent gekomen?' vroeg hij laatdunkend.
De Cock knikte traag. Inderdaad,' zei hij wat somber. 'Dat is alles. Meer wist Zwarte Sylvie me niet te vertellen. Ik begrijp dat wel. Je moet bij vrouwen zoals Sylvie geen normale maatstaven aanleggen. Ze genieten van zo'n kortstondige liefde. De rest interesseert hun niet. In feite is het enige belangrijke in haar verhaal de vraag: kan iemand die dood is, een moord plegen?'
Vledder zuchtte. 'En dat is geen probleem.'
'Hoe bedoel je?'
De jonge rechercheur grijnsde. 'Het antwoord op de vraag is 'nee', heel simpel. Iemand die dood is, verkeert in de fysieke onmogelijkheid een moord te plegen. Met andere woorden... hij is er lichamelijk niet meer toe in staat.'
De Cock keek hem aan, het hoofd een beetje schuin. 'Het was dus een onzinnige vraag?'
Vledder antwoordde niet direct. Hij had in de stem van zijn chef een ondertoon beluisterd die hem maande voorzichtig te zijn. 'Ja... eh...' zei hij onzeker, 'het was volgens mij een onzinnige vraag.'
De Cock tuitte zijn lippen. 'Toch...' zei hij nadrukkelijk, 'toch was het een vraag die onze dode vriend zozeer bezighield, dat hij haar plotseling in klanken omzette. Zonder dat hij dat wilde, begrijp je? Je zou het, zo dacht ik, als een onbewust uitgesproken sluitstuk van een gedachtenketen kunnen beschouwen. Volgens Zwarte Sylvie was hij namelijk zó in gedachten verzonken, dat hij werkelijk schrok toen zij hem vroeg wat hij bedoelde. Hij wuifde het onderwerp wat geagiteerd weg. Toen ze,

nieuwsgierig geworden, aandrong, gaf hij duidelijk te kennen dat hij er niet over wilde praten. Ik heb nog een moment aan de mogelijkheid gedacht dat Sylvie hem verkeerd had verstaan; dat de vraag anders was. Maar juist de vreemde formulering geeft mij de zekerheid dat ze goed heeft geluisterd.'

Vledder haalde wat wrevelig zijn schouders op. 'Ik weet niet of jíj het belangrijk vindt,' zei hij geringschattend. 'Ik... ik voor mij... ik zie er niets in. Het is een dwaze uitspraak. Je kunt er natuurlijk van alles omheen weven, maar het blijft onzinnig. Een dode kan nu eenmaal geen moord plegen. Het is... het is in strijd met de logica.'

De Cock stak met trage bewegingen een sigaret op en blies de rook naar de zoldering.

'Soms,' zei hij raadselachtig, 'soms is zelfs de logica in strijd met de waarheid.'

Vledder reageerde niet. Hij keek naar de grote klok in de recherchekamer en stond op.

'Het is half tien,' zuchtte hij. 'Ik ga naar de sectie. Wil je nog iets bijzonders weten?'

De Cock wreef wat vermoeid met zijn hand over zijn gezicht. 'Vraag dr. Rusteloos of hij aan de hand van zijn bevindingen de leeftijd van de dode man wil schatten. Met de moderne plastische chirurgie is het gevaarlijk alleen op het uiterlijk af te gaan. Sommige mensen zien er verrassend jong uit. Verder ben ik benieuwd of hij kort voor zijn dood nog alcohol heeft gebruikt... en hoeveel.' 'Meer niet?'

De grijze rechercheur schudde het hoofd. 'Doe hem de hartelijke groeten van me.'

Vledder hees zich in zijn jas en vertrok.

De Cock keek naar het vel papier op zijn bureau. Kan-iemand-die-dood-is-een-moord-plegen? De woorden vlamden hem tegemoet. Ondanks de afwijzende houding van zijn jonge collega had hij het stellige gevoel dat de vraag een diepere betekenis had.

Hij trommelde met zijn dikke vingers op het blad van zijn bureau. Wat was er toch voor geheimzinnigs aan die dode man, vroeg hij zich af. Waarom had hij steeds zo nadrukkelijk zijn ware identiteit verborgen gehouden? Was hij gevlucht? Werd hij door de justitie gezocht? Waarom? Zijn vingerafdrukken kwamen in de collectie niet voor, althans in Nederland niet. Hij

krabde zich achter in de nek.
Misschien was er via Interpol wat te bereiken in Frankrijk en Spanje. Als hij het signalement, compleet met vingerafdrukken, eens doorgaf? Tenslotte...
Midden in zijn overpeinzingen werd hij gestoord door een jonge vrouw die de recherchekamer binnenkwam. Hij had haar kloppen niet gehoord. Ze deed de deur behoedzaam achter zich dicht en kwam wat schuchter naar hem toe.
De Cock bekeek haar aandachtig. Ze was mooi, constateerde hij, en jong. Niet ouder dan twintig, tweeëntwintig jaar, met grote, glanzende ogen in een matbleek gelaat. Lang, sluik, in het midden gescheiden, kastanjebruin haar omlijstte haar gezicht. Het gaf haar een wat madonna-achtig aanzien.
Onder haar linkerarm droeg ze een vrij groot, rechthoekig pak. Het was gewikkeld in een groezelig sloop, vol winkelhaken en scheuren.
Ze glimlachte verlegen.
'U bent rechercheur De Cock?'
Hij knikte. 'Met ceeooceekaa,' zei hij automatisch.
Ze veegde met de rug van haar vrije hand een lok haar uit haar ogen. 'Men zei dat u de zaak van... eh, van die drenkeling behandelde.'
'Dat klopt, ja.'
Ze zuchtte diep. 'Ik heb uw oproep in de krant gelezen.' Ze sprak met een duidelijk Angelsaksisch accent. 'Ik ben onmiddellijk gekomen.'
De Cock keek haar onderzoekend aan. 'Waarom?'
Ze liet haar hoofd iets zakken. 'Ik denk dat ik u inlichtingen kan verschaffen.'
'Zo?'
'Ja, ziet u, ik heb... eh... ik heb een tijdje scharrel met hem...' Ze slikte. '...gehad.' Uit haar mond klonk het bijzonder grappig. 'Ik...eh...wij hielden van elkaar...Marcel en ik.'
'Marcel?'
'Ja.'
De Cock wees op de stoel naast het bureau. 'Gaat u zitten.'
Ze nam voorzichtig plaats, trok haar ribfluwelen rokje recht en legde het pak op haar schoot.
De Cock leunde iets naar voren en snoof de geur op van haar parfum. Het bedwelmde hem een beetje. Uit de la van zijn

bureau nam hij een nieuw vel papier.
'Wie bent u?' vroeg hij vriendelijk.
'Mabel... Mabel Paddington.'
'Engelse?'
Er dartelde een glimlach langs haar lippen. 'Ja, inderdaad.'
De Cock plooide zijn gezicht in bewondering. 'U spreekt onze taal zeer goed.'
Ze was zichtbaar gevleid. 'Mijn vader is Engelsman, maar mijn moeder is een Hollandse. Ze kan haar vaderland niet vergeten. Ik geloof dat ik nog in de wieg lag, toen ze al probeerde mij Hollands te laten spreken. Het is ook op haar aandringen dat ik hier college loop.'
'College?'
'Ja, aan de Academie voor Beeldende Kunsten. Ik... eh... ik probeer te schilderen.'
De Cock keek haar schuins aan. 'Probeer te schilderen?'
Ze glimlachte opnieuw. 'Moeder is van mening dat ik talent heb en dat ik nergens een betere opleiding kan krijgen dan in Amsterdam.'
De Cock knikte. 'U woont hier op kamers?'
Ze schudde haar hoofd. 'Ik ben in huis bij vrienden van mijn ouders... De familie d'Hovenier van de Keizersgracht. Kent u ze? Meneer... Charles d'Hovenier moet een bekend man zijn op de Amsterdamse Effectenbeurs.'
De Cock schoof zijn onderlip naar voren. 'Het spijt me,' zei hij verontschuldigend. 'Ik ken hem niet.' Hij maakte een komisch gebaartje. 'Simpele politiemannen zoals ik hebben in de regel weinig connecties met de Effectenbeurs.'
Ze wuifde wat nonchalant in de ruimte. 'Het doet er ook niet toe. Ze zijn over het algemeen heel goed voor mij.'
De Cock streek met zijn hand over zijn haren. 'Wanneer hebt u die Marcel leren kennen?'
'Een week of drie, vier geleden.'
'Toevallig?'
Ze maakte een vluchtig gebaartje. 'Noodlot, fatum... wat is toeval?' Ze zweeg even en staarde nadenkend voor zich uit. 'Ik had in de stad,' ging ze verder, 'in de Bijenkorf een paar inkopen gedaan. Het was op een van mijn vrije middagen. Voor ik met mijn pakjes naar huis ging, dronk ik op de vierde etage in de espressobar nog een kop koffie.'

'En?'
'Plotseling zat hij naast me.'
'Marcel?'
'Ja. Hij begon tegen me te praten... over het weer... over de koffie... de drukte in het warenhuis. Allemaal onbenullige zaken. Hij had een zachte stem met een diep timbre, waarnaar het prettig was te luisteren...dus luisterde ik. Ik zou misschien toch niet op zijn... eh... avances zijn ingegaan, als zijn ogen niet zo blauw waren geweest.' Ze knikte voor zich uit. Een trieste glimlach zweefde rond haar volle lippen. 'Het waren zijn ogen, ja, zijn ogen.' Ze zweeg opnieuw en droomde weg in haar herinneringen.
De Cock kuchte. 'Hij bracht u naar huis?'
'Hij droeg mijn pakjes. We babbelden wat en maakten een afspraak voor de volgende dag. Sindsdien hebben we elkaar regelmatig ontmoet.'
'Steeds in die espressobar?'
'In het begin wel. Later waar het zo uitkwam, op diverse plaatsen in de stad.'
'Wanneer hebt u hem voor het laatst ontmoet?'
'Gisteren. Het was heel gezellig. Ik heb niets aan hem gemerkt.'
'Was hij bij u thuis?'
Ze keek naar de rechercheur op. Haar grote, donkere ogen gloeiden. 'Ik word verondersteld,' zei ze bitter, 'geen herenbezoek in mijn kamer te ontvangen.'
De Cock streek over zijn neus. 'Ik vroeg u,' zei hij gelaten, 'of u hem thuis in uw kamer ontving?'
Ze liet haar hoofdje langzaam zakken. Het lange, kastanjebruine haar viel als een gordijn voor haar gezicht. Ze antwoordde niet.
'Hij kwam dus wel bij u thuis,' stelde De Cock vast.
Ze knikte traag. 'Als... als er niemand was... als ze weg waren... dan liet ik hem wel eens binnen. Hij poseerde dan voor me.' Ze richtte haar hoofdje op. Haar ogen waren vochtig. 'Mijn moeder,' zei ze zacht, 'mijn moeder zou het hebben goedgevonden.'
'Hadden jullie plannen?'
'Hoe bedoelt u?'
De Cock gebaarde wat vaag in de ruimte. 'Het is,' zei hij vriendelijk, 'nu eenmaal de gewoonte van verliefde jonge mensen om plannen te maken voor de toekomst. Dat is een vrij

natuurlijke zaak.'
Er brak een glimlach door haar tranen heen.
'We zouden gaan trouwen.'
'Wanneer?'
'Als... als alles voorbij was.'
'Wat moest er dan nog gebeuren?'
Ze antwoordde niet direct. Ze trok een zakdoekje tussen de band van haar rokje uit en droogde haar tranen.
'Marcel,' zei ze met een zucht, 'bevond zich in een beslissende fase van zijn leven. Hij noemde het zelf: een tijd van beproeving. Als hij die had doorstaan, dan stond niets ons geluk meer in de weg.'
De Cock keek haar argwanend aan. Het leek hem alsof ze een van buiten geleerd lesje opzegde. 'Een tijd van beproeving?'
Ze knikte.
'Hij moet onder verschrikkelijke spanningen hebben geleefd.'
Er kwamen weer tranen in haar ogen. 'Arme Marcel, arme, lieve Marcel.'
Ze friemelde nerveus aan het grote pak op haar schoot. Onhandig, met trillende vingers, schoof ze het oude, vuile sloop weg. Er kwam een schilderij te voorschijn, een krachtig portret, met brede streken en in felle okers op het linnen gezet.
Met haar zakdoekje veegde ze een paar tranen weg, die vanaf haar wang op het doek waren gevallen. Daarna hield ze het omhoog en liet het op haar knie rusten. Haar snelle handen beefden.
'Dat,' zei ze met een snik, 'dat is hem.'
De Cock blikte verbijsterend naar het schilderij. Zijn adem stokte. De gelijkenis was zo treffend, de expressie zo sterk, dat het leek alsof de dode hem in levenden lijve aanstaarde.
Hij knikte met open mond. 'Inderdaad,' hijgde hij, 'dat is hem.'
Ze nam het schilderij van haar knie en zette het voorzichtig tegen de zijkant van het bureau.
De Cock pakte het op en legde het voor zich neer. Langzaam tastte zijn blik de gelaatstrekken af. De helblauwe ogen, dromerig, met iets van een zoete melancholie. De smalle mond, speels, haast spottend. De scherpe neus, de brede, wilskrachtige kin. Een markant gezicht, vriendelijk, innemend, vol hunkering, vol leven.
Ineens begreep hij iets van het verdriet van de jonge vrouw naast

hem. Om tot zulk een expressie te komen moest het portret door haar met een volledige overgave, haast in trance zijn geschilderd. De dynamiek van de kleur, de kracht van elke penseelstreek getuigde van de liefdevolle aandacht die de jonge vrouw aan haar object had gewijd. Het straalde van het doek.
'Het is mooi,' zei hij met een zucht, 'uitzonderlijk mooi.' Ze keek naar hem op. 'Ik wil hem zien,' zei ze ferm.
De Cock schudde nadrukkelijk het hoofd. 'Het is niet nodig dat u hem ziet. Een confrontatie kan achterwege blijven. Het schilderij overtuigt me dat wij beiden dezelfde man bedoelen.'
Haar gezicht verstarde. 'Ik wil hem nog één keer zien.' De Cock zuchtte. 'Het lijkt me beter,' zei hij zacht en overtuigend, 'dat uw herinnering aan hem niet door het beeld van zijn dood wordt... eh... bezoedeld.' Hij krabde zich wat verlegen achter in de nek, zocht naar de juiste woorden. 'Hij... eh... hij ziet er helemaal niet prettig uit, Marcel. Hij heeft aan zijn hoofd een wond, een afschuwelijke wond. Zijn uiterlijk is...'
'Een wond?' onderbrak ze.
'Ja, een wond.'
Ze staarde hem aan, haar ogen groot en angstig. 'Is hij dan vermoord?'
De Cock slikte.'Wij... eh... wij hebben inderdaad reden om aan te nemen dat uw Marcel... '
Ze sprong abrupt op. Haar neusvleugels trilden. 'Hij is vermoord!' schreeuwde ze. 'Hij is vermoord! Hij is...' Ze herhaalde het als een echo.
De Cock kwam haastig overeind, sloeg zijn armen om haar trillend lichaam.
'Hij...' snikte ze. 'Dan heeft hij het toch gedaan... de schoft.'
De Cock hield zijn mond bij haar oor. 'Wie?' fluisterde hij.
'Robert... Robert d'Hovenier. Hij heeft steeds gezegd dat hij het doen zou.'

5

'Hij heeft hem vermoord!' Haar stem trilde tegen de kale wanden van de recherchekamer. 'Hij...hij...'

Ze snikte zonder geluid.
Rechercheur De Cock duwde haar zachtjes terug op de houten stoel naast zijn bureau. Jarenlange recherche-ervaring had hem geleerd ten aanzien van emotionele kreten de nodige reserves in acht te nemen.
Hij nam rustig tegenover haar plaats en bekeek het betraande gezicht. Ze leek volkomen oprecht, leefde kennelijk in de overtuiging dat die Robert d'Hovenier, wie dat ook mocht zijn , haar jonge vriend had vermoord.
'Waarom?'
Ze antwoordde niet. Het leek alsof de werkelijkheid haar ineens ontglipte, of de wereld om haar heen verzonk, ongrijpbaar voor een zintuiglijke waarneming. Haar mond zakte open en haar grote, bruine ogen staarden wezenloos in het niets.

De Cock wachtte geduldig tot de wazige sluier uit haar blik wegtrok. Hij schoof zijn stoel bij en boog zich iets naar voren.
'Waarom?' fluisterde hij opnieuw, dwingend. 'Moord... moord vraagt om een motief.'
Ze keek naar hem op. 'Een motief,' herhaalde ze toonloos. 'Natuurlijk, een motief. Robert had een motief.'
'Welk?'
Ze tikte met een vinger op haar borst. 'Ik... ik was voor hem het motief.'
De Cock knikte zuchtend. 'Jaloezie!'
Ze schonk hem een wrange glimlach. 'Zo mag u het noemen... jaloezie. Vrijwel vanaf het moment dat ik vanuit Engeland bij de familie d'Hovenier in huis kwam, heeft Robert mij hardnekkig met zijn liefde achtervolgd.' Ze zweeg even en staarde naar de vloer. 'En ik had zijn toenadering steeds even hardnekkig afgewezen.' Haar stem had een harde klank.
'Waarom?'
Ze haalde wrevelig haar schouders op. 'Ik kan er niets aan doen. Ik mag hem niet. Hij is mij te opdringerig, te kleverig, als u begrijpt wat ik bedoel. Hij is geen man tegen wie je kan opzien... die mij ontzag inboezemt.' Ze krulde haar lippen tot een grijnslach. 'Ik ben misschien wat ouderwets. Ik hou nu eenmaal van een sterke man, een man die me het gevoel geeft van beschermd-zijn.'
'Marcel gaf u dat gevoel?'

Ze knikte met een ernstig gezicht. 'Bij Marcel voelde ik me veilig. Hij was altijd zo kalm, zo volkomen zeker van zichzelf.'
'In welke verhouding staat Robert d'Hovenier tot de rest van de familie?'
'Robert is een neef van meneer Charles. Hij is de zoon van meneer Charles' oudere broer Gustaaf, die twee jaar geleden samen met zijn vrouw bij een auto-ongeval om het leven kwam. Nu zijn meneer Charles en Robert nog de enige mannen in de familie die de naam d'Hovenier dragen.'
'Zo?'
'Ja, meneer Charles heeft zelf geen kinderen. Hij is heel lang vrijgezel gebleven. Ongeveer een jaar geleden trouwde hij vrij plotseling. Ik weet nog dat mijn moeder er erg van opkeek, toen ze het hoorde. Hij was al vijfenveertig. Alice, zijn vrouw, is zeker twintig jaar jonger.'
Ze kuchte.
'Neef Robert is altijd al de oogappel van meneer Charles geweest. Hij doet alles voor hem. Hij bekostigt zijn studie, alles. Robert woont al vanaf zijn zestiende jaar bij hem in huis. Meneer Charles beschouwt hem dan ook min of meer als zijn eigen zoon.'
'Hoe oud is Robert?'
'Achtentwintig.'
'Niet getrouwd?'
Ze glimlachte zwakjes. 'Nee. Hij zei altijd dat hij zijn leven lang op mij had gewacht.'
'Hoe wist hij van het bestaan van Marcel?'
Haar gezicht betrok. 'Hij betrapte ons.'
'Waarmee?'
Er gleed een blos over haar wangen. 'Het was dom. Ik had vergeten de deur van mijn kamer af te sluiten. Robert d'Hovenier kwam onverwacht thuis en vond tot zijn verbazing mijn kamer niet op slot.'
De Cock fronste zijn wenkbrauwen. 'Tot... eh... tot zijn verbazing, zei u?'
Ze grinnikte zachtjes. 'Ik zorgde er altijd voor de verliefdheid van neef Robert buiten mijn deur te houden. Ik zei u al dat hij bijzonder hardnekkig was.'
De Cock glimlachte. 'Hoe reageerde Marcel?'
'O, heel rustig. Hij liep kalm op Robert toe en vroeg hem uiterst

beleefd of het zijn gewoonte was om zonder kloppen binnen te komen.'

'En Robert?'

Ze plooide haar lippen tot een brede grijns. 'Robert... Robert stond als aan de grond genageld. Zijn bleek, pafferig gezicht zag zo rood als een kreeft. Hij keek beurtelings naar Marcel en naar mij. Hij was verbaasd, stomverbaasd. Ik zag het. Ik ken zo langzamerhand de uitdrukkingen van zijn gezicht. Het duurde niet lang. De verbazing veranderde snel in intense haat. Onmiskenbaar. Ik zag het aan zijn ogen. Het leek me een eeuwigheid voor hij een excuus stamelde en wegliep.'

Ze friemelde nerveus aan haar rokje. 'Ik weet niet hoe het kwam. Ik kon er niets aan doen. Ik probeerde het nog in te houden, maar het ging niet. Plotseling schoot ik in de lach. De situatie kwam mij op de een of andere manier dolkomisch voor. Ik bleef lachen, zonder ophouden. Marcel had de grootste moeite mij tot bedaren te brengen. Later bedacht ik dat mijn schateren Robert als hoongelach in de oren moet hebben geklonken.'

De Cock wreef met zijn hand over zijn gezicht. 'Het was vernederend,' zei hij ernstig.

Ze knikte. Diezelfde avond nam hij wraak.

Tijdens het diner maakte hij in het bijzijn van Alice en oom Charles een heftige scène. Hij zei dat hij zich uiteraard niet met mijn 'amoureuze affaires' wilde bemoeien, maar hij raadde mij toch vriendelijk aan bij de keuze van mijn 'partners' wat zorgvuldiger te werk te gaan. Tenslotte bevonden zich in het huis van zijn oom heel wat kostbaarheden en wanneer ik er een gewoonte van maakte om de eerste de beste zwerver die op mijn pad kwam, binnen te halen, dan...'

Ze sloeg haar handen voor het gezicht. 'Het was verschrikkelijk. Zo ging hij tekeer. Ik ben huilend van tafel gelopen.'

De Cock keek haar wat ongeduldig aan. 'Ik hoor nog steeds niets van een bedreiging.'

Ze kneep de lippen op elkaar. 'Dat kwam de volgende dag. Toen ik 's morgens de deur uitstapte om naar de academie te gaan, stond hij buiten op me te wachten. Hij vroeg me of ik van plan was mijn 'relaties' met die man voort te zetten. Zijn toon was zo ijzig, zo neerbuigend, dat ik hem op dat moment voor zijn dikke kop had willen slaan.'

'U deed het niet?'

'Nee, ik zei hem dat hij zich met zijn eigen zaken moest bemoeien, dat hij met mijn privé-leven geen bliksem had te maken.'
De Cock knikte bemoedigend. 'Heel goed. En toen?'
'Robert werd kwaad. Hij greep me bij mijn arm en zei dat hij 'die zwerver' zijn hersens zou inslaan als hij hem nog eens in mijn gezelschap zag.'
'En?'
Ze grijnsde. 'Ik heb me er niets van aangetrokken. Marcel en ik bleven elkaar ontmoeten.'
'Ook bij u thuis?'
Ze knikte traag. 'Ook bij mij thuis. Meestal in de middag wanneer ik wist dat Alice en meneer Charles de stad in waren. Ik wilde hen buiten de affaire houden.'
'En Robert?'
Ze wreef met de rug van haar hand langs haar voorhoofd. 'Hij heeft mij nog één keer gewaarschuwd.'
'Wanneer?'
Ze keek naar de rechercheur op. 'Twee dagen voor u Marcel vermoord in de gracht vond.'

'Laten we hem arresteren.'
'Wie?'
Vledder schudde zijn hoofd om zoveel onbegrip. 'Robert d'Hovenier,' riep hij uit. 'Wie anders? Er zitten in het verhaal van die Mabel Paddington voldoende aanwijzingen om hem redelijkerwijs als verdachte aan te merken. Ga maar na. Hij dreigde die Marcel zijn hersens in te slaan. Wel, volgens dr. Rusteloos had de slag op de schedel zoveel hersenletsel tot gevolg, dat de dood vrijwel onmiddellijk moet zijn ingetreden. Bovendien had Robert d'Hovenier een serie sterke motieven: haat, jaloezie, minnenijd.'
De jonge rechercheur stak gebarend een vinger omhoog. 'En dan nog iets. De afstand tussen het huis van de familie d'Hovenier aan de Keizersgracht en de plaats waar het lijk in het water van de Brouwersgracht werd gevonden, is hemelsbreed nog geen honderd meter. Ik ben er eens gaan kijken. De situatie is bijna ideaal.' Hij zweeg even. 'Ik geloof dat je niet zo gauw weer een verdachte vindt die zo goed in het schema past.'
De Cock stak een sigaret op. 'Haat, liefde, passie, moord... ze

zijn zo slecht in schema's te vatten.'
Vledder stond geagiteerd op. 'Je zult er toch wat aan moeten doen. Je kunt het verhaal van het meisje moeilijk negeren. Ze legt een duidelijk spoor naar de moordenaar.'
De Cock reageerde niet. Hij wreef lange tijd met zijn hand langs zijn kin.
'Je bent bij de sectie geweest?'
'Ja.'
'Wat zei dr. Rusteloos van de wond?'
'Dodelijk.'
De Cock knikte. 'Dat zei je al. Maar kon hij nog iets zeggen over het wapen?'
Vledder haalde wat wrevelig zijn schouders op. Zijn gezicht stond nors. De verandering van onderwerp zinde hem kennelijk niet. 'Een metalen staaf,' bromde hij onwillig, 'of iets dergelijks. Volgens dr. Rusteloos heeft de moordenaar op het moment dat hij de dodelijke klap toebracht achter zijn slachtoffer gestaan.'
De Cock keek verbaasd op. 'Achter zijn slachtoffer?'
Vledder knikte. 'Hij moet vanuit de hoogte hebben toegeslagen. Vermoedelijk op een moment dat het slachtoffer een lagere plaats innam. Dr. Rusteloos noemde als mogelijkheid dat beiden een trap afliepen. Het slachtoffer uiteraard voorop.'
De Cock wreef in zijn ooghoeken. 'Hartafwijking?'
'Nee.'
'Alcohol?'
'Minimaal. Nog geen kwart pro mille.'
De Cock zuchtte. 'Dat betekent toch dat hij kort voor zijn dood één of twee borrels heeft gedronken.'
'Was er verder nog iets?'
De jonge rechercheur schudde het hoofd. 'Dr. Rusteloos nam aan dat het slachtoffer zo ongeveer dertig jaar oud was. Het schatten van de leeftijd bleek voor hem net zo moeilijk als voor ons.' Hij haalde wat nonchalant zijn schouders op 'Het was allemaal niet zo schokkend vanmorgen. De sectie bevestigde in feite de mening van de schouwarts... de man was al dood voordat hij in het water terechtkwam.'
De Cock keek peinzend voor zich uit.'Het staat dus nu wel vast dat hij werd vermoord.' Hij grinnikte vreugdeloos. 'Als we nu nog wisten wie het slachtoffer was... misschien kwamen we

dan ook wat dichter tot de dader.' Vledder keek hem verwonderd aan. 'Weet je dat nog niet?'
'Nee.'
'En Mabel Paddington dan?'
De Cock glimlachte. 'Mabel was te verliefd om nauwkeurig te kijken.'
'Hoe bedoel je?'
'Wel, ze leefde van de ene afspraak naar de andere. Dat haar geliefde Marcel heette, was haar voldoende. Ze vroeg niet verder.'
Vledder trok zijn neus op. 'Ze kon je dus niets vertellen?' vroeg hij ongelovig. 'Ik bedoel: hoe zijn achternaam was, waar hij werkte, woonde, vandaan kwam?'
De Cock schudde langzaam het hoofd. 'Ze schrok min of meer toen ik haar langs mijn neus weg vroeg of haar Marcel misschien getrouwd was. Die mogelijkheid was nog niet bij haar opgekomen. Mijn vraag sloeg een deuk in haar herinnering.'
'Stomme griet,' siste Vledder. 'Als ze haar geliefde netjes buiten de deur had gehouden, dan was er niets gebeurd.' De Cock keek naar hem op. 'Je ziet dus een duidelijk verband tussen Mabels 'love-affair' en de moord?'
Vledder stak zijn brede kin uitdagend naar voren. 'Ja, dat zie ik.' Het klonk wat hautain. 'En als jij die Robert d'Hovenier niet onder handen neemt, dan doe ik het!'
De Cock keek zijn leerling schuins aan. Rond zijn lippen zweefde een glimlach.
Plotseling rinkelde de telefoon. De Cock nam de hoorn op en luisterde. Het was vriend Van Dompseler, de wachtcommandant.
'Ik heb hier beneden aan de balie iemand die naar je vraagt. Een jongeman...'
'... met een bleek, pafferig gezicht,' vulde De Cock aan. Van Dompseler lachte. 'Inderdaad, dat heeft hij.'
'Het is goed. Laat hem maar boven komen.'
De Cock legde de hoorn neer en gebaarde naar Vledder. 'Bereid je voor.'
'Waarop?'
'Het verhoor van de moordenaar.'
Vledder keek hem wat verward aan. 'De moordenaar?' De Cock knikte. 'Robert d'Hovenier... Hij is op weg naar boven.'

6

De man die zonder kloppen de recherchekamer binnenkwam, was groot, breed en log. Hij had een vriendelijk, bolrond gezicht en kort, stoppelig haar, dat tot vrij laag op zijn voorhoofd was ingeplant. Met een brede lach om de lippen stapte hij langs de bureaus op de beide rechercheurs toe. Zijn roze, vlezige wangen trilden in de nagalm van zijn tred.
Rechercheur De Cock kwam van achter zijn bureau vandaan en stak hem zijn hand toe. Onderwijl keek hij hem onderzoekend aan. Op het eerste gezicht maakte de man een komische, bijna onnozele indruk. Achter een vreemd, smal brilletje met metalen montuur schitterde een paar ogen, die waakzaam rondblikten.
'Robert d'Hovenier?'
Op het bolronde gezicht tekende zich verbazing af. 'Ja.' De rechercheur glimlachte innemend. 'Mijn naam is De Cock... met ceeooceekaa. En dat is mijn collega Vledder.' Hij maakte wat spottend een lichte buiging. 'Wat verschaft ons het genoegen van uw komst?'
De jongeman slikte iets weg. 'Hoe weet u wie ik ben?'
De Cock haalde zijn schouders op. 'Het is een eis van mijn beroep,' zei hij met een simpel handgebaar, 'steeds zo goed mogelijk geïnformeerd te zijn.'
D'Hovenier knikte langzaam. 'Dat begrijp ik,' zei hij traag. 'En ik neem aan ook de bron te kennen waaruit u uw informaties hebt geput.'
'Zo?'
De jongeman zuchtte. 'Ik vermoed zo dat Mabel Paddington u het een en ander over mij heeft verteld.'
De Cock grijnsde breed. 'Inderdaad... Mabel Paddington. Ze was bijzonder openhartig.'
Robert d'Hovenier vertoonde een wat moede glimlach. 'Dat is de reden van mijn komst. Ik ben bang dat zij u dingen heeft verteld die niet in overeenstemming zijn met de waarheid... Leugens, die mij in een verkeerd daglicht plaatsen.'
De Cock wees naar de stoel naast zijn bureau. 'Gaat u zitten.'
'Dank u.'
De Cock wachtte geduldig tot de jongeman had plaatsgenomen. 'Waarom zou Mabel dat doen?' vroeg hij vriendelijk.

Robert d'Hovenier schudde mistroostig het hoofd. 'Het is zo moeilijk te zeggen,' zei hij aarzelend. 'Ik weet het niet precies. Mabel is de laatste dagen zichzelf niet meer. Ze sluipt schichtig door het huis en is voor niemand te spreken. Ze is overspannen. En daar wijt ik het aan.'
'Wat?'
'Haar angst.'
De Cock keek hem scherp aan. 'Angst... voor wat... voor wie?'
'Voor mij. Ze denkt dat ik die man... die Marcel heb vermoord.'
'En dat is niet zo?'
De vraag klonk bijzonder laconiek.
Robert d'Hovenier lachte. Een zenuwachtig, hinnikend lachje zonder vreugde.
'Natuurlijk is dat niet zo. Het is eenvoudig belachelijk. Mabel Paddington is gek. Waarom zou ik die man naar het leven staan?'
De Cock antwoordde niet. Tussen zijn gespreide vingers door keek hij naar Robert d'Hovenier. Het gezicht van de jongeman vertoonde een uitdrukking van ontwapenende onnozelheid. Maar zijn ogen bleven waakzaam.
De Cock vroeg zich af hoe deze grote en ongetwijfeld sterke man in woede zou reageren. Vermoedelijk als een explosie van kracht. Hij blikte langs hem heen naar Vledder en zag dat die popelde het verhoor over te nemen. Langzaam kwam hij overeind en beduidde hem dat hij zijn gang kon gaan.

Vledder schoof een stoel bij en ging er omgekeerd op zitten, de leuning voor zijn borst. 'U had toch een motief?' begon hij.
D'Hovenier keek hem verbaasd aan. 'Ik... een motief?'
Vledder grijnsde een beetje vals. 'U kunt toch moeilijk ontkennen dat die Marcel u in de weg stond. Zolang hij in de buurt was, zouden uw toenaderingspogingen geen enkele kans van slagen hebben.' Hij zweeg even en keek de jongeman onderzoekend aan. 'En u bent toch verliefd op Mabel?'
Robert d'Hovenier boog het hoofd. 'Ik hou van haar,' zei hij simpel. 'Ik probeer het steeds van me af te zetten. Het gaat niet. Ik kan dat gevoel niet de baas.'
'Dus een motief.'

De jongeman keek fel op. 'Het zou niet lang hebben geduurd. Mabel zou spoedig zelf hebben gemerkt dat hij een nietsnut was, een zwerver. Er bestond voor mij geen enkele reden hem te vermoorden. Het enige dat mij te doen stond, was ervoor te zorgen dat haar ogen opengingen.'
'Meer niet?'
'Nee.'
Vledder boog zich naar voren. 'Waarom,' vroeg hij scherp, 'dreigde u hem de hersens in te slaan?'
Het gezicht van Robert d'Hovenier betrok. Ineens was alle onnozelheid eruit verdwenen. Het werd een strak masker, hard, onverzettelijk.
'Ze wilde niet naar me luisteren,' riep hij fel, geëmotioneerd. 'Wanneer ik haar aansprak en over Marcel begon, dan bracht ze als een kind haar handen naar haar oren en liep bij me weg. Het was om dol te worden. Geloof me, Mabel Paddington is een lief en verstandig meisje, maar door die vent scheen ze elk gevoel van fatsoen te hebben verloren. Ze leek wel behekst.'
Vledder knikte begrijpend. 'Mentale beïnvloeding.'
De jongeman klemde zijn lippen op elkaar. 'Inderdaad, dat was het, mentale beïnvloeding. Maar dan negatief, volkomen negatief. Die vent riep de laagste instincten bij haar wakker.'
'Zo?'
'Ja, hoe wilt u anders haar gedrag verklaren?'
Vledder trok zijn schouders op. 'Liefde.'
Robert d'Hovenier snoof verachtelijk. 'Liefde... dat had met liefde niets te maken! Die vent parasiteerde eenvoudig op de... eh... de sluimerende hartstochten van een jong, onervaren meisje. Hij was een schoft, een man zonder enig moreel besef.'
Vledder streek met zijn hand langs zijn kin. 'Hij bracht u in een moeilijke situatie.'
'Mij?'
'Ja, op u rustte min of meer de morele verplichting om Mabel voor de gevaren die haar van de zijde van die Marcel bedreigden, te waarschuwen.'
De jongeman streek met zijn tong langs zijn droge lippen. 'Zo... eh... zo heb ik dat aangevoeld.'
Vledder knikte. 'Juist, en toen zij naar uw wijze en ongetwijfeld goedbedoelde raadgevingen niet wilde luisteren, bleef u geen andere keus...'

'U bedoelt?'
De jonge rechercheur keek hem scherp aan. 'Op een avond liep u hem na en sloeg hem de hersens in.'
Robert d'Hovenier sprong wild op. De blosjes op zijn wangen kleurden dieprood. 'Nee, verdomme, nee,' schreeuwde hij. 'Ik heb die vent niet vermoord.'
'U had er alle reden toe.'
Robert d'Hovenier perste zijn lippen op elkaar en balde zijn vuisten tot de knokkels wit werden. Achter het vreemde brilletje lichtten zijn grijsgroene ogen fel op. Het duurde even. Toen ontspande hij zich. Langzaam verdween het diepe rood uit zijn gezicht. Na een poosje had hij zich weer in bedwang. Hij trok zijn stoel iets van Vledder weg en ging weer zitten. 'Ik begrijp,' zei hij met een diepe zucht, 'dat ik in uw ogen een duidelijk motief had... Haat, jaloezie. Ik begrijp ook best dat u in mij een potentiële moordenaar ziet en dat dit verhoor ertoe dient om mij tot een bekentenis te brengen...'
Vledder stak afwerend een hand op. 'Om de waarheid aan het licht te brengen,' verbeterde hij scherp.
'Goed, goed,' zei de jongeman sussend, 'omwille van de waarheid. Maar het zou voor u een prettige waarheid zijn als ík die Marcel om het leven had gebracht.'
Vledder knikte. 'Inderdaad,' zei hij gelaten.
Robert d'Hovenier zuchtte opnieuw. 'Het spijt me dat ik u dan moet teleurstellen. Ik herhaal het voor de laatste maal: ik heb die man niet vermoord! En al zou u dit verhoor uren- of zelfs dagenlang voortzetten, u zult van mij geen andere verklaring krijgen.'
Vledder stak zijn kin uitdagend naar voren. Zijn neusvleugels trilden. 'Dat,' zei hij verbeten, 'zullen we nog wel eens zien. Waar was u maandagavond?'
Robert d'Hovenier grijnsde. 'U wilt een alibi?'
'Precies.'
Hij schudde langzaam het hoofd. 'Ik vrees,' zei hij spijtig, 'dat ik geen alibi heb. Ik was maandagavond in de bioscoop... alleen.'
'Waar?'
'Tuschinski. Tweede voorstelling. Het begon, meen ik, om kwart over negen. Ik heb er 'Rosemary's baby' gezien. Als u wilt... kan ik u het vreemde verhaal van begin tot het eind

vertellen.'
Vledder haalde zijn schouders op. 'Dat zegt me niets. U kunt de film van tevoren hebben gezien. Of het boek hebben gelezen. En zelfs al had u het kaartje...'
Robert d'Hovenier knikte. 'Ik begrijp het,' zei hij gelaten. 'Het moet altijd wel mogelijk zijn dat je een kaartje in je bezit hebt zonder dat je de voorstelling hebt bijgewoond.' Hij glimlachte breed. De situatie scheen hem te amuseren. 'Dus geen alibi. Wat nu?'
'U ging na die tweede voorstelling rechtstreeks naar huis?' vroeg Vledder.
'Ja.'
'Hoe laat dacht u dat het was?'
'Half twaalf. Ik herinner me dat ik op de klok van de Munttoren keek.'
'Hebt u op straat nog iemand ontmoet?'
'Nee, niemand. Tenminste, niemand die ik ken. Het was vrij stil op straat. Ik ben langs de grachten naar huis gelopen. Ik ging direct naar mijn kamer.'
'Was er in huis nog iemand wakker?'
'Dat weet ik niet. Voor zover ik heb kunnen zien brandde er nergens licht. Maar het is heel goed mogelijk dat Alice en oom Charles nog bezoek hadden. Zij gaan in de regel laat naar bed.'
'Was Marcel bij Mabel?'
Het gezicht van Robert d'Hovenier verstarde. Het bloed steeg weer naar zijn hoofd. 'Hoe moet ik dat weten?' riep hij uit.
'U controleerde haar toch?' zei Vledder gemelijk.
Robert d'Hovenier sprong opnieuw op. Hij deed dit zo abrupt, dat zijn stoel kletterend achter hem omviel. 'Ik... ik...' stotterde hij, 'ik weiger verder nog vragen van u te beantwoorden.'
De Cock kwam naderbij en raapte de stoel op. 'Mijn collega bedoelt,' sprak hij kalmerend, 'dat uw gevoelens ten opzichte van mejuffrouw Paddington u extra oplettend deden zijn... beschermend. Ik neem aan dat wij in dit licht ook uw... eh... uw bezorgdheid moeten beoordelen ten aanzien van haar relaties met die meneer Marcel. Zo is het toch?'
Robert d'Hovenier keek De Cock wat argwanend aan, proefde de toon van zijn woorden.
'In mijn... eh... bezorgdheid,' sprak hij weifelend, 'stak natuurlijk een flink brok egoïsme.'

De Cock knikte nadrukkelijk. 'Begrijpelijk... menselijk. Toch neem ik niet aan,' zei hij wat zalvend, 'dat u die meneer Marcel een 'nietsnut' en een 'zwerver' had genoemd, wanneer u daarvoor geen gegronde reden had gehad.'
Robert d'Hovenier aarzelde. Hij nam met trage bewegingen zijn bril af, pakte een doekje uit de borstzak van zijn colbert en wreef zorgvuldig de glazen schoon.
'Marcel,' zei hij somber, 'Was een zwerver. En al had hij persoonlijk geen bijzondere gevoelens voor Mabel gekoesterd, dan nog had ík haar gewaarschuwd.Begrijpt u? Ik had het ook dan als mijn plicht beschouwd.'
De Cock keek hem verwonderd aan. 'U kende hem?'
De jongeman zette zijn bril weer op en schudde langzaam het hoofd. 'Ik kende hem niet. Ik heb persoonlijk nooit een woord met hem gewisseld.'
De Cock trok zijn wenkbrauwen op. 'Maar u noemde hem een zwerver.'
Robert d'Hovenier zuchtte. 'Op een woensdagmiddag,' begon hij op geduldige toon, 'ik denk nu precies drie weken geleden, hoorde ik, toen ik thuiskwam, in de kamer van mejuffrouw Paddington een gedempt geluid van stemmen. Ik vond dat vreemd. Mabel had nooit visite. Voor zover ik wist had ze hier in de stad geen vrienden of kennissen. Ik had er nooit van gehoord. Enfin, ik deed voorzichtig de deur van haar kamer open en zag Mabel. Ze was in gezelschap van een man. Ik heb later van haar gehoord dat hij Marcel heette.'
Hij pauzeerde even.
'De situatie,' ging hij verder, 'was nogal compromitterend. Ik was op dat moment te verbaasd om iets te zeggen. Begrijpt u? Ik had iets dergelijks niet verwacht. Ik voelde me ellendig. Wat paniekerig ging ik naar mijn kamer en overlegde daar wat ik zou doen. Ik had de afwijzende houding van Mabel altijd gezien als een spelletje. Ik had nooit gedacht dat er echt een andere man in haar leven kon zijn...
Na een poosje verliet ik voorzichtig mijn kamer en sloop op mijn tenen het huis uit. Ik stelde mij aan de waterkant tussen de geparkeerde auto's wat verdekt op en wachtte tot de man naar buiten zou komen.'
'En?'
'Het duurde meer dan anderhalf uur. Eerst toen kwamen beiden

aan de deur en namen afscheid. Na het afscheid ging Mabel weer naar binnen. De man verdween in de richting van de Brouwersgracht. Ik nam hem goed in mij op... zijn loop, zijn kleding. Toen hij een ruime voorsprong had, ging ik hem achterna. Ik wilde weten wat voor een vent hij was.
Via de Herenmarkt sloeg hij rechtsaf de Haarlemmerstraat in. Hij liep heel rustig en had er kennelijk geen erg in dat ik hem achtervolgde. Op de Nieuwendijk durfde ik wat dichterbij te komen. Op zeker moment liep ik zelfs pal achter hem. Bij de Oudebrugsteeg sloeg hij linksaf, stak het Damrak over en liep langs de Beurs de rosse buurt in. Mijn nieuwsgierigheid groeide met elke stap die hij deed. Ik was doodbenieuwd waar hij heen zou gaan. Hij liep door de Lange Niezel, wuifde vrolijk naar een opzichtig vrouwtje in een café en ging daarna rechtsaf de Achterburgwal op. Ik bleef hem aan de overkant van de gracht volgen. Tot mijn stomme verbazing ging hij de stoep op van een logement.'
'Een logement?'
'Ja, 'De Blauwe Lampetkan'.'
De Cock keek naar hem op; rond zijn volle lippen speelde een zoete glimlach. 'En toen,' zei hij met een zweem van sarcasme, 'nam u maar aan dat de man een zwerver was.'
Robert d'Hovenier proefde de terechtwijzing.
'Zo gauw heb ik mijn conclusies niet getrokken,' zei hij nukkig. 'Vanaf die woensdagmiddag ben ik diverse malen naar de Achterburgwal gegaan. Ik heb hem daar dikwijls, en op verschillende tijden van de dag, in en rond het logement gezien. Hij had blijkbaar geen vast werk en scheen echt in dat gore logement te wonen.' Hij keek De Cock half grijnzend aan. 'Misschien dat u tot een andere kwalificatie was gekomen...'
De Cock gebaarde voor zich uit. 'Voor u, meneer d'Hovenier, voor u was hij een nietsnut, een zwerver.'
'Juist.'
De Cock knikte. 'Een man,' sprak hij gelaten, 'die men zonder gewetensbezwaren de hersens kon inslaan.'

7

Vledder lachte. 'Mensen, mensen, wat ging die vent tekeer! Toen ook jij hem van moord beschuldigde, dacht ik dat hij een hartverlamming kreeg.'
De Cock plooide zijn gezicht in een uitdrukking vol onschuld. 'Ik moest het proberen.'
Vledder kneep zijn ogen half dicht. 'Je ging geraffineerd te werk,' sprak hij bewonderend. 'Die laatste opmerking van je deed de deur dicht.'
De Cock wreef met zijn hand langs zijn nek. 'Die vent maakte me kriegel. Dat was het. De laatdunkende manier waarop hij over de dode man sprak, zinde me niet. Hij had niet het recht zo te oordelen. Het getuigde van een bekrompen, burgerlijke moraal. Het feit dat iemand in een logement verblijft, bestempelt hem nog niet tot een zwerver. Ieder mens maakt in zijn leven wel perioden door waarin het hem niet voor de wind gaat.'
Vledder trok een ernstig gezicht. 'Je hebt gelijk. Bovendien: hij werpt zich nu wel op als een ridderlijk beschermer van eerbaarheid en deugd, maar in feite had hij ten opzichte van Mabel Paddington dezelfde oogmerken. Zijn verhaal druipt dan ook van haat en jaloezie.'
De Cock plukte nadenkend aan zijn onderlip. 'Toch ben ik er lang niet van overtuigd dat Robert d'Hovenier die moord heeft gepleegd. Ik geloof namelijk niet dat hij een man is die zo ver zou gaan. Zie je, ondanks de haat en de jaloezie vormde Marcel voor hem geen directe bedreiging. Hij was niet veel meer dan een rivaal in de liefde. Ik heb hem ook op geen enkele leugen kunnen betrappen. Ik zou zeggen: integendeel. Zijn verhaal klonk zelfs geloofwaardig. Vooral zijn relaas over die achtervolging leek me betrouwbaar. We kunnen rustig aannemen dat onze dode enige tijd in 'De Blauwe Lampetkan' aan de Achterburgwal heeft gewoond.'
Vledder schudde het hoofd. 'Ik begrijp niet dat noch de Puitaal, noch Zwarte Sylvie ons kon vertellen dat hun Leon of Sjaak in dat logement verbleef. Ook Mabel Paddington scheen dit niet te weten. Ze heeft er niets van gezegd.'
De Cock haalde zijn schouders op. 'Ik denk dat onze dode vriend zich geneerde en dat hij voor niemand wilde weten dat hij

in een logementje aan de Achterburgwal woonde.'
Vledder keek zijn collega schuins aan. 'En dat getuigt dan weer,' zei hij met lichte spot, 'van een bekrompen, burgerlijke moraal.'
De Cock lachte vrijuit. 'Kom,' zei hij vrolijk, 'doe je jas aan. We gaan naar ome Krelis Bladerdak.'
Vledder keek verbaasd op. 'Wie is ome Krelis Bladerdak?'
'De beheerder van het logement 'De Blauwe Lampetkan'. Ik ben benieuwd onder welke naam onze dode daar stond ingeschreven.'

Ome Krelis Bladerdak veegde met een vettige vaatdoek een paar morsplekken van de grofhouten toonbank, schoof met kromme hand wat dubbeltjes en centen in de la en pakte een sigarettepeuk, die op de rand van het blad lag te smeulen. Eerst dan keek hij op. In zijn vermoeide ogen, gevangen in een netwerk van fijne rimpeltjes, gloeide een blik van herkenning.
'Goeiemorgen, meneer De Cock,' zei hij schor. 'Ik heb u een tijdlang niet gezien.' Hij hield de peuk voor zijn mond en zoog zijn longen vol rook.
'U komt voor het register?'
Zonder op antwoord te wachten pakte hij een beduimeld boek van achter de koffieketel en gooide het wat onverschillig op de toonbank.
'Ze staan er allemaal in. Ik ben helemaal bij. Ik heb zelfs die van vannacht al ingeschreven.'
De Cock sloeg het register open en liet zijn vingers langs de namen van de gasten glijden.
'Je bent inderdaad mooi bij,' zei hij goedkeurend. 'Heb je nog sterfgevallen gehad de laatste tijd?'
Ome Krelis blikte peinzend naar de zoldering. 'Laat es kijken. De laatste was Woutertje Kneut. Je weet wel, die spirituslamp.'
De Cock knikte met een somber gezicht. 'Ik heb gehoord dat hij dood is.'
De logementhouder grijnsde wat droevig. 'We vonden hem 's morgens, op de grond naast zijn bed, een verkreukeld bidprentje in zijn hand.'
De Cock keek op. 'Een bidprentje?'
'Ja, van zijn oude moeder. Tot kort voor zijn dood heeft hij ermee lopen leuren. Iedereen hier in het logement moest het

zien en lezen.'
'Dat bidprentje?'
'Ja, en als ze niet konden lezen, dan las hij de tekst voor. Soms zat hij uren met het prentje in zijn hand. Ik denk dat hij voor zichzelf heeft geweten dat hij het niet lang meer zou maken. Begrijp je, hij wilde het bij de hand hebben als het zo ver was.'
De Cock beet op zijn onderlip. 'Woutertje Kneut... God hebbe zijn ziel.'
Ome Krelis knikte devoot. 'Moet je koffie? Het is net vers.'
'Goed, schenk maar in. Ik kwam eigenlijk voor dat blonde snuitertje dat een week of drie geleden bij je is komen binnenvallen.'
De oude logementhouder manipuleerde met een paar koppen. 'Je bedoelt Marcel Duval.'
'Heette hij zo?'
Ome Krelis haalde zijn schouders op. 'Dat staat in het register. Hij is geboren in Frankrijk, in St.Etienne. Zijn moeder is Hollandse, zijn vader Fransman.'
'Hoe weet je dat?'
'Dat heeft hij me verteld. Hij zei dat hij pas uit Frankrijk kwam en dat hij hier in Amsterdam op zoek was naar zijn nicht.'
De Cock trok zijn gezicht in plooien van ongeloof. 'Naar wie was hij op zoek?' vroeg hij ongelovig.
'Zijn nicht. Een dochter van de oudste zuster van zijn moeder. Het kind zou hier in Amsterdam met een rijke kerel zijn getrouwd.'
'Wat wilde hij van zijn nicht?'
'Een beetje gastvrijheid, denk ik.'
De Cock grijnsde. 'Een mooi verhaal.'
Ome Krelis schoof de koffie bij. 'Ik heb een logement,' zei hij gelaten. Iedereen heeft hier zijn verhaal.'
De Cock knikte met een ernstig gezicht. 'Heeft hij nog gezegd hoe die nicht heette?'
De oude man schudde het hoofd. 'Hij kende haar naam niet. Daarom was het ook zo moeilijk zoeken. Hij had als uitgangspunt alleen maar de naam van zijn moeder. Hij had nooit gehoord met wie zijn tante was getrouwd. Ook kende hij de naam niet van de man van die nicht.'
De Cock trok een vies gezicht. 'Het is allemaal wat vaag, vind je niet?'

Ome Krelis schoof zijn onderlip naar voren. 'Ze zouden bij het bevolkingsregister tegen hem hebben gezegd dat ze hem niet konden helpen. Ik heb hem toen aangeraden een advertentie te plaatsen in een paar grote dagbladen.

'En?'

Ome Krelis haalde zijn schouders op. 'Ik weet niet of hij het heeft gedaan. Ik heb hem na die tijd niet meer gezien.' Plotseling keek hij van De Cock naar de Vledder en terug. In zijn grijze ogen glansde achterdocht. 'Vanwaar die belangstelling? Wat is er met die jongen?'

'Hij is dood.'

'Dood?'

De Cock knikte traag. 'Vermoord. We hebben hem dinsdagmorgen uit de Brouwersgracht gevist. Ze hebben hem met een brok ijzer op zijn schedel getikt.'

De logementhouder keek hem een tijdje verward aan. 'Het is niet waar,' zei hij ongelovig.

De Cock nam voorzichtig een slok van zijn hete koffie. 'Het heeft weinig zin,' zei hij laconiek, 'om je verhaaltjes te vertellen. Daar word ik niet vóor betaald. Die jongen is dood. Heb je onze oproep in de kranten niet gelezen?' Ome Krelis schudde het hoofd. 'Ik lees geen kranten. Te druk. Ik heb er eenvoudig geen tijd voor.' Hij staarde somber voor zich uit. 'Niemand heeft mij ook iets gezegd. Meestal hoor ik hier wel zo het een en ander.' Hij perste zijn lippen op elkaar en zuchtte. 'Marcel... arme jongen...vermoord... door wie... waarom?'

De Cock grijnsde. 'Vertel het me. Ik zou je hoogst dankbaar zijn.'

De logementhouder knikte begrijpend. Hij staarde somber voor zich uit, verzonken in gedachten. Plotseling verhelderde zijn blik. 'Wanneer zei je dat hij was vermoord?'

De Cock krabde zich achter in de nek. 'Ik heb je geen tijdstip genoemd. Ik zou het je niet precies kunnen zeggen. We vonden hem dinsdagmorgen rond tien uur. Volgens de lijkschouwer had hij niet langer dan een uur of twaalf in het water gelegen. We nemen dus aan dat hij maandagavond of vóór in de nacht van maandag op dinsdag is vermoord.''

Ome Krelis trok zijn voorhoofd in rimpels. 'Dat is gek.'

'Hoezo?'

'Nou, dinsdagavond kwam hier een man de spulletjes van Mar-

cel halen.'
De Cock slikte zijn verbazing weg. 'Spulletjes?' vroeg hij zo kalm mogelijk.
Ome Krelis knikte. 'Dinsdagavond, ik schat zo om een uur of negen, kwam hier een man; een hele heer, zo op het gezicht. Hij zei dat hij de schuld van Marcel kwam voldoen en meteen zijn bagage kwam ophalen.'
'Waarom?'
De logementhouder haalde zijn schouders op. 'Hij zei dat Marcel hem had gestuurd. Hij zou een ander onderkomen hebben gevonden.'
'Waar?'
'Dat weet ik niet. Dat heeft die vent niet gezegd. En ik heb er niet naar gevraagd.'
'Waarom niet?'
'Het was een smoes. Dat wist ik direct. Marcel had hem niet gestuurd.'
De Cock keek hem niet begrijpend aan. 'Hoezo... een smoes?'
'Marcel had geen schuld. Marcel had nooit schuld. Hij betaalde zijn logies altijd vooruit.'
De Cock grijnsde. 'Je hebt hem dus geen bagage meegegeven.'
'Natuurlijk niet. Bovendien... Marcel had geen bagage. Ik heb tenminste nooit iets gezien. Zijn kast is leeg.'
'Heb je dat die man verteld?'
'Nee, ik heb hem niets laten merken; ook niet dat ik hem door had. Ik heb hem gewoon zachtjes afgepoeierd. Ik heb hem gezegd dat Marcel maar zelf moest komen om zijn spulletjes te halen.'
'En toen?'
'Toen is hij weggegaan.'
'Zomaar?'
'Wat bedoel je?'
De Cock zuchtte. 'Je hebt hem toch wel gevraagd wie hij was?'
'Ja, natuurlijk.' De logementhouder kauwde peinzend op zijn onderlip. 'Het was een vreemde naam. Wacht eens, hij heeft me zijn kaartje gegeven.' De oude rukte de toonbankla open. Zijn knokige vingers gleden tastend tussen een stapeltje papieren. 'Kijk eens, hier heb ik het.' De Cock nam het kaartje over. *Charles d'Hovenier,* las hij verbaasd, *makelaar in effecten.*

8

De hoge, blauwstenen stoep van het logement 'De Blauwe Lampetkan' glom van de regen. Het water sijpelde gestaag uit een loodgrijze hemel. Sinds de dag dat de rechercheurs de dode man uit het troebele water van de Brouwersgracht hadden gevist, was het weer radicaal omgeslagen. Het milde voorjaarszonnetje was verdwenen, opgesloten achter een donker wolkendek. Het leek alsof de natuur de zomer had overgeslagen en direct vanuit het voorjaar naar een triest najaar was overgestapt.
De Cock trok de kraag van zijn jas omhoog en duwde zijn oude vilten hoedje wat naar voren. Zijn markante gezicht vertoonde diepe rimpels. Het onderhoud met de logementhouder had hem getroffen. De woorden echoden nog na.
Dat Robert d'Hovenier, gedreven door jaloezie, belangstelling had getoond voor de nu dode logementgast was te begrijpen. Maar oom Charles? Hij paste niet in het geheel. Vanwaar zijn interesse voor de vermoedelijk toch schamele bezittingen van de dode man?
En wie was die dode? Heette hij werkelijk Marcel Duval? Kwam hij uit St. Etienne? Wie was die nicht, voor wie hij naar Amsterdam was getogen en naar wie hij zo verlangend had uitgekeken? Bestond ze werkelijk of was ze slechts een produkt van zijn fantasie? De Cock zuchtte. De mysteries rond de dode stapelden zich op.
Vledder liep in gedachten verzonken naast hem voort. Zijn onrustige geest speelde warrig met een groot complex mogelijkheden. Plotseling bleef hij staan. 'Hij wordt morgen begraven, hè?'
De Cock wreef met de rug van zijn hand de regen uit zijn gezicht en keek naar hem op. 'Om tien uur op St. Barbara.'
Vledder knikte. 'Als wij nu straks eens een paar journalisten belden... Ik denk aan bekende jongens als Brakel, Lammers, Van Vugt... dan hebben we alle grote bladen, en we vragen of zij in hun krant een wat uitgebreide voorbeschouwing houden. Begrijp je? Met een vette kop, in de geest van Begrafenis Mysterieuze Dode.'
'Waarom?'
'Dat lijkt me veel beter dan een advertentie. Misschien meldt

die nicht zich wel, naar wie hij zocht. Ik zou wel eens uitgebreid kennis met haar willen maken. Misschien houdt zijn plotselinge dood wel verband met het feit dat hij haar zocht.'
De Cock keek hem schuins aan.
'Ik begrijp je niet.'
'Misschien wilde die nicht helemaal niet gevonden worden,' riep Vledder ongeduldig. 'Misschien vond zij het op een of andere manier helemaal niet zo leuk dat er iemand naar haar zocht.'
De Cock trok peinzend aan zijn onderlip. 'En welke rol speelt dan de familie d'Hovenier?'
'Helemaal geen rol.'
De Cock trok zijn wenkbrauwen op. 'Zo,' zei hij spottend, 'en ik dacht dat jij neef Robert al als de dader had genoteerd.'
Vledder schudde heftig het hoofd. 'Geloof me, neef Robert en oom Charles hebben er niets mee te maken. Zie je, hun belangstelling voor Marcel komt alleen voort uit de amoureuze relaties van de dode met miss Paddington.'
De Cock knikte traag. 'Het is een fraaie theorie. Maar als die onbekende nicht er volgens jouw gedachtengang een moord voor over heeft om niet gevonden te worden, dan neem ik niet aan dat zij zich vrijwillig meldt.'
Vledder grijnsde. 'Marcel is dood. Misschien vindt ze het niet meer zo erg om gevonden te worden.'
De Cock schoof zijn hoedje wat naar achteren. 'Goed,' zei hij gelaten, 'doe maar. Vraag maar aan de jongens van de pers of ze een stukje willen plaatsen.' Hij wreef nadenkend langs zijn kin. 'En als je straks toch gaat bellen, zoek dan meteen contact met de politie van St. Etienne. Vraag of ze in hun administratie ene Marcel Duval hebben. Geef ze alle bijzonderheden: de geboortedatum uit het logementsregister en het verhaal dat zijn vader met een Hollandse vrouw is getrouwd. Enfin, wat je zo weet. Poets je beste Frans op en doe het rechtstreeks. Via Interpol duurt mij te lang voordat ik de gegevens binnen heb.'
Vledder glunderde. 'Oui, oui, patron,' zei hij spottend.
De Cock reageerde niet. Hij draaide zich zwijgend om en liep door. Vledder volgde. Ze liepen over de Achterburgwal, langs het Oudekerksplein en sloegen linksaf de Lange Niezel in. Bij ''Old Sailors Place'' bleef De Cock staan. De toegangsdeur was dicht. Hij sloeg met zijn knokkels een roffel op de ruit.

Zwarte Sylvie, in een lichtblauw werkschort, een glazendoek over haar schouder, deed open. Ze glimlachte toen ze De Cock zag. 'Kom je me vertellen dat je hem al hebt?'
'Wie?'
'Nou, de moordenaar van Sjaak.'
De Cock schudde het hoofd. 'Wij doen ons best. Maar zo gauw als jij denkt, gaat het niet.' Hij wees naar Vledder. 'Ken je mijn collega al? Hij is de knapste die we in voorraad hebben. Hij is speciaal voor zaakjes met alleenstaande vrouwen.'
Zwarte Sylvie lachte. Ze stak Vledder vriendelijk een hand toe. Haar gezicht straalde. 'Hij mag er echt wel wezen,' gniffelde ze. 'Ik wist niet dat jullie ze uitzochten.' Ze heupwiegde naar binnen. 'Een pilsje? Kan ik meteen zien of de druk goed is. Ik heb net een nieuw vat aangeslagen.' Ze schoof achter de bar en manipuleerde met een bierglas.
Vledder en De Cock hesen zich op een barkruk. Het was schemerig in het lokaaltje. Alleen in de luifel boven de bar brandde een lamp.
De Cock boog zich iets naar voren. 'Hoelang ken ik je al, Sylvie?'
Ze keek hem aan, schuins, een tikje spottend. 'Vijftien, zestien jaar, schat ik. Waarom? Ga je me eindelijk een aanzoek doen?'
De Cock glimlachte. 'Ik wil alleen maar zeggen dat ik zo langzamerhand wel weet hoe je in elkaar zit.'
In haar blik groeide achterdocht. 'Waar wil je heen?'
De Cock trok zijn gezicht in een ernstige plooi. 'Wat voor papieren had die Sjaak bij zich?'
Ze zette zonder de oude rechercheur aan te kijken een glas bier voor hem neer. Haar hand beefde een beetje. 'Sjaak... Sjaak had geen papieren.'
'Je hebt wel gesnuffeld?'
Ze knikte traag. 'Niet om te jatten.'
De Cock wreef met zijn hand over zijn gezicht. 'Dat weet ik, Sylvie,' zei hij vriendelijk. 'Dat is verleden tijd. Je snuffelt nu alleen nog omdat je nieuwsgierig bent.'
Ze reageerde heftig. 'Ik moest toch weten wat ik in mijn huis had! Het kon wel een gevaarlijke krankzinnige zijn, gevlucht uit een of andere inrichting.'
'Goed, goed,' zei De Cock sussend. 'Sjaak had dus helemaal niets bij zich?'

Ze schudde het hoofd. 'Niets, helemaal niets. Geen brief, geen paspoort, geen portefeuille... niets. Zelfs geen fotootje van een vrouw of een kind. Zoiets had ik nog nooit meegemaakt. In de regel vind je altijd wel wat.'
De Cock nam een slok van zijn bier. 'De kleren die hij aanhad, toen hij bij je kwam... wat is daarmee gebeurd?' Ze gebaarde naar buiten. 'Die heb ik aan de vuilnisman meegegeven.'
'Heb je nog gekeken waar ze waren gekocht? Ik bedoel, stond er een naam in van een modemagazijn of het etiket van een kleermaker?'
Ze haalde haar schouders op. 'Daar heb ik niet op gelet. Ik heb je verteld: het was een stelletje vodden. Te ver afgedragen om er het Leger des Heils nog mee te verrassen.'
De Cock trommelde met zijn vingers op de bar. 'Was er dan helemaal niets?' vroeg hij wat kriegel. 'Verdomme nog aan toe, we zijn nu al drie dagen verder en weten nog steeds niet wie die vent is.'
Ze beet peinzend op haar onderlip. 'Ik heb nog een kladje.'
'Wat heb je?'
'Een kladje... een begin van een brief.'
De Cock keek haar aan, kwaad, verbaasd. 'Waarom heb je dat de vorige keer niet gezegd?'
Ze trok een pruillip, als een kind. 'Je hebt er niet naar gevraagd,' zei ze wat verongelijkt. 'Het is ook niks, De Cock, geloof me. Het is een verfrommeld kladje. Meer niet. Er staan maar een paar regels op. Ik vond het 's morgens, boven in mijn kamer in de prullenmand. Het was helemaal in elkaar geknoedeld. Ik denk dat Sjaak boven heeft zitten schrijven, terwijl ik hier beneden in het café was.'
'Wanneer?'
'Op de avond dat hij wegging.'
'Waar heb je het?'
'Boven.' Ze pakte een sleutel uit haar schort en kwam achter de bar vandaan. 'Wacht even. Ik zal het voor je halen. Ik ben zo terug.' Ze liep op een holletje naar de trap achter in de zaak.
De beide rechercheurs keken haar na, bewonderden in stilte de welving van haar kuiten, pakten hun glas en dronken zwijgend van hun bier.
Het duurde een paar minuten. Toen kwam ze weer naar beneden, zwaaiend met een papier. Ze hees zich weer hijgend naast

De Cock op een kruk en legde het papier uitgevouwen op de bar. Met haar hand streek ze een paar kreukels glad. 'Zie je wel... het is helemaal niets bijzonders. Gewoon een kladje. Alleen een beetje vreemd. Er staan een paar gekke woorden in.'
De Cock boog zich over het papier.

Amice, stond er in duidelijk vloeiend handschrift, *ik ben aan het einde van mijn odyssee. Ik heb haar gevonden. Je weet wat dat betekent. Het vreemde is dat ik noch blij, noch verbitterd ben. Mijn hart is leeg. Er zijn zelfs momenten dat ik twijfel of ik mijn plan wel zal uitvoeren. Het lijkt soms zo zinloos. Maar wat er ook gebeurt...*

Daar eindigde de brief. Hij was niet gedateerd, niet afgemaakt, niet ondertekend. Om de een of andere reden was de schrijver opgehouden, had het papier in elkaar gefrommeld en achteloos in de prullenmand geworpen. De Cock keek langzaam naar Zwarte Sylvie op. In zijn ogen lag een onderzoekende blik. 'Waarom heb je dit zo zorgvuldig bewaard?'
Op haar gezicht kwam een droeve grijns. 'Ik ben nu eenmaal een sentimentele troel.' Het klonk als een verontschuldiging. 'De mannen die ik tot nu toe in mijn leven heb ontmoet, lieten nooit veel bij me achter. Er zijn erbij die ik me nauwelijks kan herinneren.' Ze maakte een onzeker gebaar. 'Ik wilde dat Sjaak niet zo gauw weggleed, begrijp je? Daarom heb ik dat kladje bewaard... als een souvenir. Het is, buiten mijn herinnering, het enige dat ik van hem heb.'
De Cock streek met zijn pink over de rug van zijn neus. 'Je weet toch zeker, Sylvie, dat 'sentiment' de enige reden is?' In zijn stem trilde de achterdocht.
Ze antwoordde niet direct. Haar donkere ogen vonkten. Ze keek hem aan, strak, uitdagend. 'Wat voor andere reden zou ik hebben, De Cock?'

Met de handen diep in de zakken van zijn broek slenterde De Cock langs de verlaten bureaus van de grote recherchekamer. Zijn gezicht stond nors. De zaak begon te kriebelen. Hij was al een paar dagen bezig en in feite nog geen steek verder gekomen. Dat maakte hem kriegel. De vage aanwijzingen die hij had vergaard, leidden tot niets. Het was alles nog zo onoverzichtelijk, zo verward. Hij keek naar Vledder, die verderop aan een

bureau zijn aantekeningen uitwerkte. 'Heb je de jongens van de pers al gebeld?'
'Ja, allemaal. Ze hebben me stuk voor stuk beloofd er een mooi stukje van te maken.'
'Prachtig. En de politie in St.Etienne?'
Vledder knikte. 'Ze zullen het voor me nakijken. Zo gauw ze wat weten, bellen ze terug.'
'Wie had je aan de lijn?'
'Een inspecteur Boulanger.'
De Cock trok zijn gezicht tot een grijns. 'Als het maar geen Franse koekebakker is,' schertste hij.
Vledder lachte. 'Het leek mij zo door de telefoon wel een aardige kerel. Ik heb hem gezegd dat ik tot vanavond tien uur op het bureau blijf. Als hij dan nog niets weet, moet hij morgenvroeg maar bellen.'
De Cock knikte. 'Wat denk je van die brief?'
Vledder haalde zijn schouders op. 'Het sluit volkomen aan bij wat de logementhouder ons vertelde over de nicht naar wie Marcel zo naarstig zocht.'
De Cock schudde heftig het hoofd. 'Het sluit helemaal niet aan,' zei hij scherp. 'Helemaal niet.'
Vledder keek verwonderd naar hem op. 'Waarom niet?' 'Marcel schreef die brief toen hij bij Sylvie wegging. En dat was vóór zijn vertrek in 'De Blauwe Lampetkan'. Begrijp je, het verhaal van die nicht klopt helemaal niet met die brief.'
De ogen van Vledder begonnen te glinsteren. 'Je hebt gelijk,' riep hij enthousiast. 'In de brief stond dat hij haar al had gevonden, terwijl hij de logementhouder vertelde dat hij nog steeds naar haar zocht.'
'Juist. En dan is er nog iets dat mij bezighoudt.'
'Nog iets?'
De Cock knikte. 'Voor wie was die vreemde brief bestemd?'

9

Een schrale, koude wind blies door de kale heesters van de begraafplaats St. Barbara aan de Spaarndammerdijk. De lucht

was grauw, bijna dreigend. Een paar merels, in deftig zwart, zochten beschutting achter een verweerde grafsteen, waar een milde hand wat voer had gestrooid. Wanneer een sneltrein denderend over de nabije overweg stoof, vlogen ze even op.
Een bejaarde begrafenisondernemer met hoge hoed en grijze handschoenen slofte met een pen en condoleantieregister langs de wachtenden.
De Cock stond wat achteraf. Met de kraag van zijn duffelse jas hoog opgetrokken, zijn hoedje diep in de ogen, keek hij naar de steeds groter wordende kring van belangstellenden. Op een afstand herkende hij Robert d'Hovenier. Hij was in gezelschap van een nog betrekkelijk jonge vrouw en een man van voor in de veertig. Charles d'Hovenier en echtgenote, schatte De Cock, en bedacht dat hij met oom Charles nog een hartig onderhoud te goed had in verband met diens interesse in de dode Marcel. Vermoedelijk, zo redeneerde hij, had de handige beursman wel een plausibele verklaring voor zijn gedrag achter de hand, anders had hij ook nu niet zo openlijk van zijn belangstelling blijk gegeven. Toch was het maar vreemd dat de deftige familie d'Hovenier zich zo duidelijk geroepen voelde de teraardebestelling van een 'zwerver' bij te wonen.
De Cock liet zijn scherpe blik langs de belangstellenden glijden. Wat verderop ontdekte hij een paar bevriende journalisten en links van hen het groepje meest oudere mannen en vrouwen dat uit een ziekelijke sensatiezucht bij de begrafenis van elke vermoorde man of vrouw te vinden was. De Cock haatte die gezichten vol wrede nieuwsgierigheid. Bij een vorige gelegenheid had hij het groepje apart genomen en toegesproken. Het was een scherp, bijna venijnig speechje geworden, waarin hij hun onomwonden had gezegd hoe hij over hun belangstelling dacht. Het bezorgde hem een klacht terzake belediging en een ernstige berisping van de Officier van Justitie. Sindsdien bromde hij alleen nog binnensmonds een serie verwensingen. Het macabere groepje liet hij ongemoeid.
De begrafenisondernemer schuifelde over het grind naar hem toe, boog beleefd en hield hem het condoleantieregister voor.
'U komt ook voor de onbekende dode?' lispelde hij zacht. De Cock knikte en zette met forse halen zijn naam in het register.
'Dan wordt ook u verzocht straks in de aula een korte plechtigheid bij te wonen.'

De Cock keek verwonderd op. 'Een plechtigheid? Ik dacht dat de man van gemeentewege werd begraven?' De ander knikte. 'Dat lag aanvankelijk ook in de bedoeling,' sprak hij geaffecteerd. 'Het is te elfder ure gewijzigd. Er kwam een opdrachtgever.'
'Zo? Wie?'
De man aarzelde. 'Ik... eh... dat mag ik u niet zeggen.'
De Cock schoof zijn hoedje iets omhoog. 'Waarom niet, vriend?'
'Zij heeft de uitdrukkelijke wens te kennen gegeven anoniem te blijven.'
Op het bleke gezicht van de functionaris verscheen een blosje. Hij voelde zich betrapt en trachtte aan de vragende De Cock te ontkomen.
De rechercheur vatte hem bij de arm en tastte met zijn vrije hand naar zijn politielegitimatie. 'Mijn naam is De Cock... met ceeooceekaa. Ik ben belast met het onderzoek naar het overlijden van de... eh... de onbekende dode.'
De kraai tuitte zijn dunne lippen. Hij had zichzelf weer in bedwang. 'O,' zei hij langgerekt, 'dat maakt natuurlijk wel enig verschil. Ik kon aan uw gezicht niet zien dat u een vertegenwoordiger van de wet bent.'
De Cock grijnsde breed. 'Toch ben ik het,' zei hij laconiek. 'En wat mijn gezicht betreft... daar heeft de wet niets mee te maken.'
De man produceerde een zuur lachje. Hij trok zijn handschoenen uit en plukte een formulier uit het register. 'Hier,' zei hij berustend, 'kijkt u zelf maar. De opdrachtgeefster is ene mejuffrouw Paddington.'

De Cock leunde met zijn rug tegen de eiken lambrizering. Het was schemerig in de aula. Uit de gebrandschilderde ramen straalde zacht licht langs de met bloemen bedekte baar. Voor een onbekende dode, zonder familie en vrienden, was de belangstelling vrij groot. Bijna alle stoelen waren bezet.
De Cock zocht Mabel Paddington. Hij zag haar niet. Wel ontdekte hij op een van de achterste rijen een te opzichtig geklede Zwarte Sylvie. Ze leek wat nerveus en plukte aan een verfrommeld zakdoekje in haar hand. Naast haar, in een modern korenblauw kostuum, zat vreemd, onwennig, Marinus van

Kerkhoven, beter bekend als de Puitaal. Om zijn linkerarm droeg hij een brede rouwband.
Uit een van de zijdeuren kwam een kraai met een soort statief over zijn schouder. Het bleek een schildersezel, die hij tussen de baar en het kathedertje opstelde. Daarna kwam uit dezelfde deur een andere kraai met in zijn handen een groot, niet-ingelijst schilderij, dat met een zwarte doek was afgedekt. Hij zette het schilderij voorzichtig op de ezel en keek of het licht uit een van de hoge ramen goed op het doek viel.
De Cock volgde de ceremonie met verbazing.
Toen beide kraaien waren verdwenen, schreed onder zachte orgelklanken een reeds kalende en in stemmig zwart geklede heer naar het kathedertje. De muziek stierf weg en de heer begon zalvend te preken. Hij sprak over de paradox van een korte liefde die een eeuwigheid duurde... over de beminde dode, die zijn moordenaar kende... over gerechtigheid, zo niet op aarde, dan toch in de hemel... en eindigde na een minuut of tien pathetisch met de uitroep: zijn bloed kome over ons en onze kinderen.
Voor de scherp determinerende geest van De Cock was het maar een verwarde toespraak. Zijn verbazing steeg, toen plotseling uit een der zijdeuren Mabel Paddington te voorschijn kwam. Ze droeg een lange, effenzwarte japon, die zelfs haar voeten geheel bedekte. Vanaf de zijdeur schreed ze langzaam achter de baar om en nam plaats tussen de dominee en het schilderij op de ezel. Het orgel begon te spelen.
De Cock nam de jonge vrouw nauwlettend op. Ze leek hem in de dagen dat hij haar niet had gezien, veranderd, sterk vermagerd. Ze zag bleek als doorschijnend albast en in haar ogen lag een vreemde, koortsige gloed. Hij vroeg zich af wat haar dreef. Haat, jaloezie, wroeging? Had zij deze plechtigheid in de aula geënsceneerd? Was dit alles haar plan? Maar waarom? Wat wilde ze met dat bedekte schilderij naast de baar?
Toen de laatste orgeltonen waren weggeëbd, viel er een angstige, bijna tastbare stilte. Mabel Paddington in haar zwarte japon, de lange, steile haren los langs haar gezicht, stond nog steeds bewegingloos naast de schildersezel. In de schemering van de aula werd haar gelaat steeds meer een ovale, witte vlek, die onweerstaanbaar alle blikken tot zich trok.
Op een wenk van de kalende heer achter de katheder boog zij

zich naar de schildersezel en trok met een driftige ruk de zwarte doek van het schilderij.
De Cock verstijfde en ergens uit de rijen voor hem klonk een schrille kreet. Precies in het licht van de hoge ramen stond op de ezel een luguber schilderij: een indringend dodenmasker met onmiskenbaar de trekken van de onbekende dode. Wijdopengesperde ogen staarden zielloos van het doek. Ter hoogte van het voorhoofd sijpelde bloed uit een grote, gapende wond.
Voor het rumoer was verstomd, kwam De Cock in actie. Hij liep snel naar Mabel Paddington, die wankelde en een bezwijming nabij leek, greep haar bij de arm en leidde haar naar een aangrenzend vertrek. Bij de deur keek hij nog even om. In de aula bogen Robert d'Hovenier en oom Charles zich over een roerloze gestalte.
Mevrouw d'Hovenier was flauwgevallen.

De Cock hield Mabel Paddington aan beide armen vast en schudde haar heftig door elkaar. 'Wat bezielt je?' riep hij kwaad. 'Ben je gek geworden? Wie is die malle dominee?'
Ze staarde als verdoofd voor zich uit.
'Is dat verschrikkelijke schilderij van jou?'
'Ja.'
'En wie is die dominee?'
'Hij is geen dominee.'
'Wat dan?'
'Een toneelspeler.'
De Cock schudde vertwijfeld het hoofd. 'Wat heeft hij ermee te maken?'
'Niets. Ik hem hem gehuurd.'
'Gehuurd? Waarom?'
Ze keek hem aan. Haar ogen gloeiden. 'U hebt Robert vrijgelaten.'
De Cock knikte. 'Ik heb geen bewijzen van schuld gevonden.'
Ze schudde bedroefd het hoofd. 'En ik dacht nog wel dat u een bekwaam man was.'

Leunend in zijn stoel achter zijn bureau, de wat korte benen voor zich uitgestrekt, deed De Cock het vreemde verhaal van de begrafenis.
De jonge Vledder luisterde aandachtig. 'Als ik het dus goed

begrijp, dan bekostigde Mabel Paddington de begrafenis alleen maar om die vertoning in de aula te kunnen opvoeren.'
'Precies.'
'Maar waarom?
'Om de moordenaar te kunnen shockeren.'
'Wat?'
'Ja, ze schilderde in één koortsige nacht dat afschuwelijke schilderij, in de hoop daarmee de moordenaar uit zijn evenwicht te brengen. Toen ze het plan aan een vriendin en medestudente van de academie vertelde, kwam die op het idee van de 'onthulling' in de aula. De vriendin had ook wel een kennis die tegen een kleine vergoeding de rol van dominee wilde spelen.'
Vledder schudde zijn hoofd van verbazing. 'Hoe is dat mogelijk? Ik bedoel... hoe kreeg ze die begrafenisondernemer zo ver dat hij het spelletje meespeelde?'
De Cock gebaarde. 'Mabel misleidde hem. Toen ze met de begrafenisondernemer de voorbereidingen besprak, liet ze hem een normaal portret van Marcel zien, dat ze enige tijd geleden had geschilderd. De ondernemer had er geen bezwaar tegen dat dat schilderij naast de baar werd opgesteld. Vanmorgen, voordat een van de kraaien het portret, gewikkeld in een zwarte doek, ophaalde verwisselde ze beide schilderijen.'
'En hielp het?'
'Wat bedoel je?'
'Gaf de moordenaar zich bloot?' vroeg Vledder ongeduldig.
De Cock schudde langzaam het hoofd. 'Robert d'Hovenier reageerde amper.'
De jonge rechercheur keek De Cock verwonderd aan. 'Robert d'Hovenier, zei je?'
De Cock knikte. 'Volgens Mabel Paddington bestaat er geen enkele twijfel. Hij vermoordde Marcel.'
Een tijdlang zwegen beiden. De raadselen rond de moord op de onbekende hielden hun gedachten gevangen. Het was Vledder die de stilte verbrak.
'Waar zijn de schilderijen nu?' vroeg hij.
De Cock gebaarde met zijn duim. 'Beneden, in het kamertje van de inbeslaggenomen voorwerpen. Ik heb de schilderijen maar zolang van haar afgenomen. Ik ben bang dat ze er anders opnieuw gekke dingen mee uithaalt. In de toestand waarin ze nu verkeert, acht ik haar tot alles in staat.

Ik heb haar ook aangeraden om voorlopig haar intrek te nemen bij een of andere vriendin. Ze moet weg uit dat huis aan de Keizersgracht. Die voortdurende confrontatie met neef Robert leidt tot obsessies. Je weet nooit wat daaruit voortvloeit.'
Vledder knikte afwezig. Hij had kennelijk maar met een half oor geluisterd.
'Mag ik de schilderijen eens zien?'
De Cock stond van zijn stoel op. 'Natuurlijk, ga maar mee.'
Ze verlieten de grote recherchekamer en gingen een trapje lager naar een klein, vensterloos vertrek waar de meest vreemdsoortige voorwerpen als 'stukken van overtuiging' werden bewaard.
De Cock pakte voorzichtig de beide schilderijen van een rek en legde ze naast elkaar op tafel. Opnieuw raakte hij onder de indruk van het warme, levensechte portret en huiverde hij bij het aanschouwen van het gruwelijke dodenmasker. 'Verschrikkelijk, vind je niet?'
Vledder beet op zijn onderlip. 'Je hebt gelijk. Het is afschuwelijk. Het is om nachtmerries van te krijgen.' Hij tilde het schilderij wat omhoog en bekeek het aandachtig. 'Heb je haar de dode Marcel laten zien?' vroeg hij.
De Cock schudde het hoofd. 'Zij wilde het wel. Ze was woest toen ik weigerde. Maar het was niet nodig. Ik kon een confrontatie achterwege laten. Dat eerste schilderij van haar bewees afdoende dat wij dezelfde man bedoelden.'
Vledder knikte begrijpend. 'Heb je haar verteld hoe de dode Marcel eruitzag?'
De Cock keek verward op. 'Nee,' zei hij traag, 'dat heb ik niet. Toen ze aandrong heb ik haar gezegd dat ze beter een gave herinnering aan hem kon bewaren.'
'Heb je iets van de wond gezegd?'
'Ik heb haar proberen uit te leggen dat het voor haar eigen gemoedsrust beter was dat zij Marcel niet meer zag, omdat hij zo'n afschuwelijke hoofdwond had.'
'Meer niet?'
'Nee, meer niet.'
De Cock staarde zijn collega aan. Zijn geest tastte koortsig naar het 'waarom' van de vragen. Zijn blik dwaalde opnieuw naar die verschrikkelijke kop op het schilderij en ineens verhelderde zijn blik. Hij gaf Vledder een dreun op zijn schouder.
'Verdomme, Dick,' riep hij enthousiast, 'ik begrijp nu pas waar

je heen wilt. Je hebt gelijk. Waarachtig, je hebt gelijk. Die wond op het schilderij heeft precies de juiste afmetingen en zit precies op de juiste plaats.'
Vledder grinnikte vreugdeloos.
'Die Mabel Paddington is of helderziende... of ze wist precies waar ze de dodelijke wond aan het hoofd moest schilderen.'

10

Rechercheur De Cock stapte voldaan uit het peuterige restaurantje van zijn goede vriend Tjong Hong Sie en slenterde op zijn gemak vanuit Amsterdams 'Chinatown' binnendoor naar de Warmoesstraat.
Toen hij de recherchekamer binnenkwam, vond hij Vledder over een stapel kranten gebogen. De jonge rechercheur keek lachend op.
'Heb je de avondbladen gelezen?'
De Cock schudde zijn hoofd. 'Mijn vriend, de alwijze Tjong Hong Sie, weert alle kranten uit de zaak. Mensen die ermee binnenkomen, zijn verplicht ze bij hem in te leveren.'
'Inleveren?'
De Cock trok zijn vriendelijk plooiengezicht in een brede grijns. 'Mister Sie is van mening dat de smaak van zijn kostelijke gerechten niet door slecht nieuws mag worden bedorven.'
Vledder vouwde een van de bladen open. 'Nou,' grinnikte hij, 'dit kan geen kwaad. Een halve pagina over de begrafenis van vanmorgen. De jongens van de pers hebben er wat moois van gemaakt. Die gekke vertoning in de aula is breed uitgesponnen. En de heer Charles d'Hovenier is woest.'
De Cock keek op. 'Woest... Hoe weet je dat?'
Vledder wees naar de telefoon. 'Ik heb, terwijl jij je tong zat te strelen, een heel stel journalisten aan de lijn gehad. Oom Charles heeft zich ernstig beklaagd. Hij voelt zich beledigd omdat zijn naam zo duidelijk in deze affaire wordt genoemd.'
De jonge rechercheur sprak snel, gejaagd. 'En nog wat. Mabel Paddington is verdwenen.' 'Wat?'
'Net wat ik zeg: verdwenen, spoorloos. Ik hoorde het van de

jongens van de krant. Ze vroegen of wij misschien wisten waar ze was. Ze hadden haar in verband met die geschiedenis van vanmorgen graag willen interviewen. Maar ze is nergens te vinden.'
De Cock haalde zijn schouders op. 'Ik kan me voorstellen dat ze zich voor de journalisten verbergt. Ze wilden haar vanmorgen al te lijf. Ik heb haar met de grootste moeite in een taxi kunnen stoppen.' Hij streek met zijn hand over zijn grijze haren. 'Heb je al bericht uit St.Etienne?'
'Ja.'
'En?'
Vledder schudde bedroefd het hoofd. 'Er bestaat geen Marcel Duval,' zei hij somber. 'Althans geen Marcel Duval met een Franse vader en een moeder van Nederlandse afkomst. Ze hebben het hele bevolkingsregister van St. Etienne overhoopgehaald. Toen dat geen resultaten opleverde, heeft de recherche geprobeerd aan de hand van het signalement iets te doen.'
'Nou?'
Vledder glimlachte. 'Inspecteur Boulanger van het onvolprezen politiekorps van St. Etienne had ruim drie minuten nodig om zijn oprechte spijt te betuigen.'
'Met andere woorden: het is niets geworden.'
'Nee. We kunnen de gegevens uit het register van 'De Blauwe Lampetkan' wel vergeten. Onze dode komt niet uit St.Etienne.'
De Cock zuchtte. 'Ik was er al bang voor.'
'Waarom?'
De Cock liet zich in zijn stoel achter zijn bureau zakken. 'Iemand,' zei hij, 'die in Frankrijk is opgegroeid, zal - ook al heeft hij een Hollandse moeder - onze taal met een typisch Frans accent spreken.' Hij schudde zijn hoofd. 'En van zo'n accent heeft geen van onze getuigen gerept.'
Vledder keek hem wat verward aan. 'Je gelooft dus helemaal niet dat hij uit Frankrijk komt?'
De Cock glimlachte. 'Hij zal wel eens in Frankrijk zijn geweest, denk ik, maar volgens mij is hij een gewone Nederlander, niets meer en niets minder. Zie je, daarom vind ik het zo belazerd dat wij zijn identiteit nog steeds niet hebben kunnen vaststellen. Het is feitelijk te gek. Ik heb dat in mijn hele loopbaan bij de recherche nog nooit meegemaakt.Wij zijn het dichtstbevolkte landje van de wereld. We leven gezellig op elkaar als haringen

in een ton. Het is hier bijna onmogelijk te verdwijnen zonder dat iemand alarm slaat. Er zijn altijd wel ouders, broers, zusters, kinderen, buren, kennissen, collega's, enfin, noem maar op. Vroeg of laat stapt iemand naar de politie en 'spreekt-zijn-bezorgdheid-uit'. In Nederland heeft zelfs een misantroop nog sociale bindingen.'

Vledder grinnikte. 'En onze vriend had niets van een misantroop.'

De Cock tikte met zijn dikke vingers op het bureau. 'Daarom, er moeten mensen zijn die zijn ware identiteit kennen.' Hij kwam achter zijn bureau vandaan en slenterde naar de kapstok. 'Heb je je wel eens afgevraagd waarom er nooit een is komen opdagen?'

'Nee.'

De Cock draaide zich abrupt om en wees met gestrekte arm naar zijn jonge collega. 'Moet je eens doen.'

Vledder haalde wat nonchalant zijn schouders op. 'Misschien...' zei hij aarzelend, 'misschien heeft niemand hem nog gemist.'

De Cock grijnsde breed. 'Dacht je nu werkelijk,' zei hij met een licht sarcasme, 'dat na al die berichten in de kranten niemand wakker is geworden? Kom nou!' Hij pauzeerde even. 'Ik zal je eens wat zeggen,' ging hij verder. 'De mensen die de identiteit van deze dode kennen, hebben er belang bij te zwijgen.' Hij schoof in zijn dikke duffelse jas. 'Dit zaakje stinkt... stinkt als het water van de Brouwersgracht waaruit we onze vriend hebben opgevist.'

Met zijn hoedje in zijn hand staarde hij enige tijd peinzend voor zich uit, een bittere trek om zijn lippen.

'Maar als ze denken een oude rechercheur om de tuin te kunnen leiden... dan hebben ze het mis.'

Het klonk als een dreigement. Hij pootte zijn hoedje achter op zijn hoofd en stapte met grote passen naar de deur.

'Waar ga je heen?'

'Naar D'Hovenier.'

Vledder greep zijn jas en rende achter hem aan.

Een helblond meisje in een zwart japonnetje en een kittig, wit schortje keek verwonderd naar de beide mannen op de stoep.

De grijze rechercheur lichtte zijn hoedje. 'Mijn naam is De Cock. Met ceeooceekaa. En dat is mijn collega Vledder. Wij

zijn rechercheurs van het politiebureau in de Warmoesstraat.'
'Rechercheurs?'
'Inderdaad. We hadden graag een onderhoud met de heer Charles d'Hovenier.'
Het meisje friemelde aan haar witte schortje.
'Ik zal meneer zeggen dat u er bent.'
Op het moment dat ze zich wilde omdraaien, vatte De Cock haar bij de arm. 'Hoelang bent u hier al in dienst?' Ze glimlachte liefjes. 'Drie dagen.'
'Intern?'
Ze zwaaide het blonde haar heen en weer. 'Gelukkig niet. Ik ben hier 's morgens een paar uur en 's avonds een paar uur. De rest van de dag ben ik thuis.'
'Heeft u miss Mabel vandaag nog gezien?'
Haar gezicht betrok. 'Mejuffrouw Paddington is weg. Ook meneer Charles weet niet waar ze is. Hij maakt zich erg ongerust. Wij zijn bang dat er iets is gebeurd.'
'Wij?'
'Ja, ook mevrouw maakt zich zorgen en de jongeheer Robert wilde...'
Op dat moment stoof Charles d'Hovenier de hal in. Zijn gezicht zag rood van woede.
'Wat geeft u het recht mijn personeel te ondervragen? Ik eis dat u onmiddellijk verdwijnt.'
De Cock keek hem half geamuseerd, half uitdagend aan. 'Wie geeft u het recht mij een verhoor te verbieden?'
Charles d'Hovenier, gekleed in een lange kamerjas, zijn blote voeten in een paar suède pantoffels, stapte naderbij. In zijn grijze ogen gloeide achterdocht.
'Wie bent u?' vroeg hij waakzaam.
'De Cock...'
'... met ceeooceekaa,' vulde Vledder spottend aan.
Het gezicht van de makelaar verhelderde. 'Meneer De Cock,' riep hij opgewekt, 'bent u het? Komt u verder.' Hij wuifde het dienstmeisje weg. 'Ik had u al veel eerder verwacht.'
Vriendelijk ging hij de beide rechercheurs voor naar een ruim studeervertrek met rijen vergeelde boeken aan de wanden. Hij gebaarde uitnodigend naar een paar diepe, leren fauteuils.
'Gaat u zitten, heren. Ik zag u beiden voor een koppeltje journalisten aan.' Zijn toon was geforceerd joviaal. 'Ze lopen

mijn deur plat, die journalisten... Ze zijn ronduit onbehoorlijk. Ik had niet gedacht dat zoiets in Nederland mogelijk was. Omdat ik weiger hen te woord te staan, ondervragen ze mijn personeel en schrijven insinuerende stukken. Hebt u het avondblad gelezen?'
Hij nam tegenover de rechercheurs plaats.
'Ik heb onmiddellijk een klacht ingediend bij mr. Van Overwheere, de Officier van Justitie. Ik wens niet dat mijn naam nog langer in verband wordt gebracht met de moord op die onbekende man.'
De Cock zuchtte. 'Dat hebt u min of meer aan uzelf te wijten. U had niet naar de begrafenis moeten gaan.'
Het gezicht van Charles d'Hovenier kleurde rood. 'Dat was een daad van piëteit,' riep hij luid. 'En niet meer dan dat. Ik heb uit de verhalen van Robert begrepen dat de man mijn huis ettelijke malen heeft bezocht. Uiteraard buiten mijn medeweten. Maar dat doet niet ter zake. Gezien de relatie van de dode met Mabel vond ik het toch gepast om van mijn belangstelling blijk te geven.'
Hij maakte een wat onbeheerst gebaar. 'Hoe kon ik weten dat Mabel er zo'n vertoning van zou maken? Het was gewoon gênant.' Hij schudde zijn hoofd. 'En dan die zotte toespraak van die halfzatte toneelspeler... Verschrikkelijk!'
Vanuit de hal schreed een vrouw het studeervertrek binnen. Ze was groot, slank en uitzonderlijk mooi. De Cock schatte haar op achter in de twintig. Toen ze dichterbij kwam, besefte hij pijnlijk dat haar leeftijd niet te schatten was. Haar opvallende schoonheid was star, steriel, haast tijdloos. Door het blonde haar, dat breed golvend langs haar fraaie schouders gleed, deed ze hem denken aan Kriemhilde, de blonde heldin uit het lied van de Nibelungen.
Charles d'Hovenier kwam onmiddellijk uit zijn fauteuil overeind en liep haar tegemoet. 'Twee heren van de recherche, liefje. De befaamde rechercheur De Cock en zijn collega...' Hij keek vragend naar de jonge rechercheur.
'Vledder.'
De makelaar glimlachte. 'Vledder,' vulde hij aan. 'Ik heb de heren gezegd dat ook wij door die vertoning van Mabel vanmorgen in de aula bijzonder zijn geschokt en dat wij nooit zouden hebben toegestaan dat Mabel...'

Mevrouw d'Hovenier drukte de beide rechercheurs koeltjes de hand en ging zitten, rustig, beheerst, de lange benen over elkaar heen geslagen. Ze nam onmiddellijk het woord.
'Mabel is een emotionele jonge vrouw,' sprak ze zacht, verontschuldigend. 'Ze kan het verlies van haar jonge vriend maar moeilijk verwerken. En het zal volgens mij ook nog wel enige tijd duren voordat ze zijn dood volkomen heeft aanvaard. Ze verkeert nu al een paar dagen geestelijk in een vrij labiele toestand. In dit licht moet u ook haar vlucht zien.'
De Cock keek verwonderd op.
'Vlucht?'
Ze zuchtte diep, haar ogen gesloten. 'Mabel is gevlucht.' De grijze rechercheur keek haar onderzoekend aan. 'Voor wie?'
Ze reageerde nogal kribbig. 'Begrijpt u dat niet? Dit huis heeft voor haar te veel herinneringen. Ze kon hier onmogelijk langer blijven. Ze zou gek zijn geworden. Ze leed nu al aan waandenkbeelden.'
'Zoals?'
Mevrouw d'Hovenier ontweek zijn blik. 'Ze verdenkt Robert. Ze meent dat hij haar vriend heeft vermoord.'
'Waarom?'
'Uit jaloezie. Maar dat is belachelijk. Robert is een lieve jongen. Hij is al heel lang hier in huis. Hij zou nog geen vlieg kwaad doen.'
Charles d'Hovenier knikte instemmend. 'Het heeft ons pijn gedaan dat zij Robert van de moord beschuldigde. Dat begrijpt u. Wij hebben geprobeerd het uit haar hoofd te praten, maar op een of andere manier schijnt ze overtuigd.'
'Bewijzen?'
Mevrouw d'Hovenier plooide haar lippen tot een medelijdend lachje. 'Een verliefde vrouw vraagt niet naar bewijzen. Ze weet... uit haar gevoel.'
Vledder grijnsde. 'Gevoel,' zei hij schamper, 'wat is gevoel? Er is in Nederland geen rechter die erop veroordeelt.'
Charles d'Hovenier wuifde met een slanke hand. 'Dat mag ook niet,' riep hij verontwaardigd. 'Robert is onschuldig. Het is onaardig van Mabel hem als de moordenaar te beschouwen. Zo gauw ze terug is zal ik erop staan dat ze hem haar verontschuldigingen aanbiedt.'
De Cock fronste zijn wenkbrauwen. Hij keek naar het gezicht

van de makelaar en vroeg zich af of hij schertste. Maar op het scherp gesneden gelaat van Charles d'Hovenier was geen scherts te bespeuren. Hij leek volkomen ernstig.
De Cock schoof zijn fauteuil naar voren. 'U kende de dode?'
'Nee.'
'U hebt hem nooit hier in huis ontmoet?'
Charles d'Hovenier schudde het hoofd. 'Ik denk dat Mabel er wel voor zorgde dat hij buiten mijn gezichtskring bleef.'
De Cock knikte. 'Dat zou best kunnen,' zei hij traag. 'Wanneer hoorde u voor het eerst van hem?'
De makelaar staarde enige ogenblikken peinzend voor zich uit. 'Een week of drie geleden. Ik meen dat Robert iets zei over een man die Mabel in haar kamer had toegelaten.'
'Wat hebt u toen gedaan?'
'Niets. Het was de consequentie van het feit dat ik haar in huis had genomen. Toen de ouders van Mabel vroegen of ze mocht komen, heeft Alice me gewaarschuwd. Je kunt er beter niet aan beginnen, zei ze. Jonge meisjes geven moeilijkheden.' Hij produceerde een matte glimlach. 'Dat de moeilijkheden zo groot zouden worden, heb ik uiteraard niet voorzien.
'U hebt Mabel dus niet ter verantwoording geroepen?'
'Nee, dat vond ik zinloos. Ze is oud en wijs genoeg om haar eigen gedrag te kunnen bepalen.'
De Cock keek de makelaar scherp aan. 'U hebt ook die man niet benaderd?'
Charles d'Hovenier reageerde wat verward. 'Nee zeg! Waarom zou ik? Die vent interesseerde mij niet in het minst.'
De Cock trok zijn wenkbrauwen op. 'Dat is vreemd.'
'Hoezo?'
'Waarom ging u dan een dag na de moord naar het logement 'De Blauwe Lampetkan' en probeerde u langs slinkse wegen zijn bezittingen te bemachtigen?'

11

De beide rechercheurs wandelden zwijgend van de Keizersgracht langs de stille kant van de Blauwburgwal. Hun gedachten

waren nog bij het onderhoud met Charles d'Hovenier.
'Hoe vond je zijn verklaring?'
De Cock schoof zijn dikke onderlip naar voren. 'Niet slecht bedacht. Het zou helemaal niet onmogelijk zijn geweest dat Mabel Paddington haar Marcel in een onbezonnen bui een stelletje dwaze brieven had geschreven. Dat Charles d'Hovenier uit angst voor de mogelijke chantage probeerde die brieven in handen te krijgen, kun je hem moeilijk kwalijk nemen. Dat is een daad van een oude, wijze oom met levenservaring.'
Vledder schudde grijnzend het hoofd. 'Het is een fabeltje. Mabel heeft hem nooit geschreven. Ze wist geen adres. Je hebt het haar zelf gevraagd. Ze wist niet dat Marcel in 'De Blauwe Lampetkan' logeerde.' Hij keek schuins naar De Cock. 'Bovendien: wie zou er nog moeten chanteren? Marcel zelf was dood.'
De grijze speurder reageerde niet.
In gedachten verzonken liep hij door, een dwarse denkrimpel in zijn voorhoofd.
Vledder stootte hem met een elleboog aan. 'Ik heb een andere gedachte over oom Charles' motieven.'
'Zo?'
'Ja, oom Charles was bang dat Marcel in het bezit was van papieren die niet Mabel, maar hemzelf zouden kunnen belasten.'
'Waarmee?'
'Weet ik veel,' riep Vledder geërgerd. 'Ik mag die meneer Charles niet. Hij is mij veel te vriendelijk, te glibberig. Volgens mij is hij veel nauwer bij die moord betrokken dan wij denken. Heb jij wel eens de mogelijkheden overwogen dat inbreker Marcel de gevoelens van Mabel alleen gebruikte om ongehinderd in huize d'Hovenier te kunnen rondneuzen?'
De Cock keek hem van opzij aan. 'Soms,' zei hij vriendelijk, 'kun je heel verstandige dingen zeggen.'
Vledder reageerde niet direct. Hij proefde de woorden van zijn leermeester en vroeg zich pijnlijk af hoe hij ze moest opvatten.
'Blijft natuurlijk de vraag,' zei hij na een poosje, 'wat vriend Marcel in het huis aan de Keizersgracht zocht. Waar was hij op uit? Sieraden, geld, juwelen?'
De Cock schudde zijn hoofd. 'Als het Marcel daarom te doen was, had hij zich beter aan zijn compagnonschap met de Puitaal kunnen houden. Nee, ondanks het inbrekerstenue waarin wij

hem vonden, geloof ik niet dat hij in verband met een inbraak werd vermoord. Er zijn andere motieven. Volgens mij spelen factoren een rol die wij niet kennen.'

Brigadier Van Dompseler, de wachtcommandant, keek verrast op toen Vledder en De Cock het bureau binnenstapten.
'Waar zaten jullie?' vroeg hij wat hakkelend. 'Ik kon jullie nergens te pakken krijgen. Ik heb nog een wagen de buurt in gestuurd om jullie te zoeken.'
De Cock schoof zijn hoedje naar achteren. 'Wat is er aan de hand?'
'Er wachten twee mensen op je. Ome Krelis Bladerdak en een van zijn illustere gasten. Ze zeiden dat het erg belangrijk was. Ik geloof dat het verband houdt met die moord waar jullie mee bezig zijn.'
'Waar heb je ze gelaten?'
'In de wachtkamer. Het leek me goed ze maar zolang voor je vast te houden.'
De Cock schonk hem een knipoogje. 'Bedankt.'
Ome Krelis Bladerdak wees naar een bedeesd, oud mannetje in een morsig, zwart pak. Hij had lang, zilvergrijs haar en het vriendelijke blozende gelaat van een begenadigd cherubijntje.
'Dat is oom Lodewijk.'
Het cherubijntje boog beleefd.
'Oom Lodewijk,' ging de logementhouder verder, 'is een van mijn vaste klanten. Hij is net terug uit het Huis van Bewaring aan de Weteringschans, waar hij een paar bekeuringen heeft uitgezeten. Oom Lodewijk vent met vieze blaadjes, zonder vergunning.'
De Cock maakte een grimas. 'Dan voorziet hij in een behoefte.'
De logementhouder grinnikte. 'Ik vertelde oom Lodewijk dat u gisteren in het logement was geweest voor inlichtingen en dat Marcel dood was. Dat ze hem hebben vermoord.' Hij zwaaide naar het mannetje. 'Nou, toen zei hij dat hij er niet eens van opkeek. Dat hij het min of meer had verwacht.'
De ogen van De Cock gingen wat wijder open. 'Dat is interessant.'
Ome Krelis knikte met een ernstig gezicht. 'Dat vond ik ook. Ik zei tegen oom Lodewijk: als je wat weet moet je het meneer De Cock vertellen. Toen heb ik hem maar mee hierheen genomen.

Ziet u, ze hebben een paar dagen op dezelfde kamer geslapen, Marcel en hij, en toen schijnt Marcel iets gezegd te hebben.' Hij wees in de richting van het cherubijntje. 'Misschien kan oom Lodewijk het beter zelf vertellen.'
De Cock knikte.
Het mannetje deed een paar passen naar voren. 'Marcel was een bestudeerd mens,' zei hij overtuigend. 'Een fijn mens. Hij hoorde niet thuis bij ons in het logement. Daar was hij te veel 'heer' voor. Op een avond, toen wij met ons tweeën waren, heb ik hem dat eens gezegd. Hij lachte toen wat droevig en zei dat hij zich van het leven ook wel iets anders had voorgesteld.'
Vledder schoof voor het mannetje een stoel bij. Het cherubijntje nam dankbaar plaats, zijn handen netjes gevouwen op zijn buik. 'Ik ben zelf ook van goede familie, meneer, al zou je dat zo niet zeggen.'
De Cock glimlachte hem bemoedigend toe. 'Ik zag het onmiddellijk,' loog hij.
Oom Lodewijk straalde. 'Afkomst verloochent zich niet, meneer. Een goede opvoeding is een zegen.'
De Cock knikte instemmend. 'U zou van Marcel vertellen.'
Het mannetje verschoof wat op zijn stoel. 'Ja, Marcel. Nou, die avond waren we dus samen. Ik had nog een paar flesjes pils onder mijn bed staan en we dronken wat. Ik vertelde hem van mijn eigen leven en dat ik vroeger ook gehoopt had meer te zullen bereiken dan wat ik nu ben: een flodderige colporteur van vieze blaadjes.' Hij zweeg even, veegde aan een vlek op zijn vest. 'Enfin, hoe gaat dat als twee mannen in die omstandigheden samen wat drinken? We werden somber, sentimenteel en vertrouwelijk.'
'En toen?'
Het cherubijntje zuchtte. 'Na een poosje zei Marcel dat ook hij aan het eindpunt van zijn carrière was. Ik lachte hem uit en zei dat hij nog veel te jong was om nu al van een 'eindpunt' te spreken, dat hij nog tijd genoeg had om van alles van zijn leven te maken. Dat zei ik. Toen schudde hij zijn hoofd en zei: het zal niet lang meer duren, oom Lodewijk, dan sterf ik werkelijk.'
De Cock keek verrast op. 'Wat zei hij?'
Het mannetje maakte een gebaar met zijn hand. 'Marcel scheen ervan overtuigd dat hij het niet lang meer zou maken. En het gekke was dat het idee hem niet benauwde. Hij sprak er zo

gewoon over. Op de een of andere manier komt er toch een eind aan, zei hij. Hij vond het niet erg om dood te gaan. Hij maakte de indruk diep ontgoocheld te zijn, begrijpt u, alsof het leven voor hem geen waarde meer had.'
De Cock streek met zijn hand over zijn grijze haren. 'Wat deed Marcel in Amsterdam?' vroeg hij. 'Hij hoorde hier toch niet thuis?'
Oom Lodewijk haalde zijn schouders op. 'Hij had het over een missie die hij moest vervullen, maar waarin hij zelf niet meer geloofde.'
'Wat voor een missie?'
'Dat weet ik niet. Hij was daar nogal vaag over. Kwaad straft zichzelf, zei hij. Gerechtigheid is een taak van het lot en niet van mensen.'
De Cock schoof zijn onderlip omhoog. 'Dat is een mooie kreet,' zei hij bewonderend.
Het mannetje knikte traag. 'Ik zei u al: Marcel was een bestudeerd mens. Hij heeft die avond nog veel meer frappante dingen gezegd, maar ik heb ze niet allemaal onthouden. Vraagt u maar aan Krelis; wanneer ik een paar pilsjes op heb, wordt mijn hoofd zo lek als een mandje. Ik heb laatst...'
De Cock wuifde een nieuw verhaal weg. 'Heeft hij nog gesproken over een nicht die hij zocht?'
Het cherubijntje staarde voor zich uit. 'Nee, niet dat ik mij herinner.'
'Een huis aan de Keizersgracht?'
Oom Lodewijk schudde ontmoedigd het hoofd. 'Er is maar één ding dat ik goed heb onthouden. En dat is zijn naam.'
De ogen van De Cock lichtten op. 'Zijn naam?'
'Ja. Hij lag al in bed en ik scharrelde nog wat rond. Plotseling kwam hij overeind en zei: als er iets met mij gebeurt, oom Lodewijk, ga dan naar de politie en zeg dat ik Tjeerd Talema ben.'
'Tjeerd Talema?'
Het mannetje knikte. 'Uit Zoetekamp in Friesland. Ziet u, Marcel was niet zijn echte naam. Hij gebruikte die naam, omdat hij niet wilde weten dat hij Tjeerd Talema was.'
'Waarom niet?'
Oom Lodewijk maakte een mistroostig gebaar. 'Dat weet ik niet. Misschien heeft hij het mij verteld, misschien ook niet. Ik

was een beetje in de lorum. Te veel pils.' Hij zuchtte. 'De naam Tjeerd Talema heb ik onthouden, omdat hij er de volgende dag op terugkwam. En toen was ik broodnuchter.'
De Cock slikte zijn ongeduld weg. 'Hij kwam erop terug?' drong hij aan.
Oom Lodewijk knikte. 'De volgende dag stond hij 's avonds op de stoep van het logement op me te wachten. Hij leek een beetje in de war. Wat heb ik je gisteravond verteld? vroeg hij. Ik haalde mijn schouders op. Niets bijzonders, zei ik. We hadden, geloof ik, een pilsje te veel op. Hij keek me toen een tijdje aan, vreemd achterdochtig. Heb ik de naam Tjeerd Talema genoemd? vroeg hij. Ik geloof het wel, zei ik zo onverschillig mogelijk. Ik begreep dat hij er spijt van had dat hij zo vertrouwelijk was geweest.'
'En toen?'
'Hij treuzelde nog wat. Draaide om me heen. Hij vroeg zich natuurlijk af wat ik wist. Misschien herinnerde ook hij zich niet meer precies wat hij had gezegd. Vergeet het maar, zei hij tenslotte. Vergeet het allemaal maar; als ik wat gedronken heb, zeg ik soms de gekste dingen. Ik lachte tegen hem. Heb jij wat gezegd? vroeg ik quasi verbaasd. Ik wilde hem duidelijk maken dat ik het al vergeten was.'
Oom Lodewijk zweeg een poosje. Daarna keek hij De Cock wat dromerig aan. 'Ik zou het ook vergeten zijn als ome Krelis me niet had verteld dat Marcel was vermoord. Toen herinnerde ik me de naam Tjeerd Talema en een paar flarden van dat vreemde gesprek, 's avonds op de rand van ons bed.'
Hij streek met zijn hand langs zijn ogen. 'Ik hoop oprecht dat u de moordenaar vindt, meneer De Cock. Niet omdat ik in gerechtigheid geloof, dat niet, maar omdat Marcel, of hoe hij ook mag heten, zo'n fijn mens was.'
De Cock keek naar hem op.
Over de wang van het cherubijntje gleed een traan.

12

Commissaris Buitendam, de lange, statige chef van het roemruchte politiebureau in de Amsterdamse Warmoesstraat, smeet

met een gebaar van ingehouden woede zijn ballpoint op het bureau. Op zijn anders wat vale wangen lagen blosjes van opwinding.
'De Officier,' sprak hij geaffecteerd, 'mr. Van Overwheere, vroeg mij om inlichtingen. Hij had een officiële klacht ontvangen van ene D'Hovenier. En ik wist van niets... niets. Die hele toestand tijdens de begrafenis heb ik uit de krant moeten lezen.'
De Cock lachte onbevangen. 'Het stond er heel goed in,' zei hij laconiek.
De commissaris schudde heftig het hoofd. 'Daar gaat het niet om,' riep hij luid. 'Ik wil weten wat er gebeurt. Ik heb het recht dat te weten. Je werkt uiteindelijk onder mijn leiding.' Hij strekte dreigend zijn arm naar hem uit. 'En ik waarschuw je, De Cock, ondanks je verdiensten als rechercheur, als je nog eens iets voor mij verbergt...'
De grijze speurder keek verwonderd op. 'Verbergt? Het stond open en bloot in de krant.'
Het gezicht van de commissaris werd nog roder. 'Je weet best wat ik bedoel, De Cock.' Hij gebaarde in zijn richting. 'Wie is die D'Hovenier?'
'Een makelaar. Een man die in beurskringen nogal bekendheid geniet.'
'Wat heeft hij met die moord te maken?'
De Cock haalde zijn schouders op. 'Dat weet ik niet.' Hij blikte olijk naar de commissaris. 'Ik wil het hem wel even gaan vragen.'
Tegelijk stond hij op en liep naar de deur.
De commissaris riep hem terug. Trillend van woede stond de politiechef achter zijn bureau. 'Ik wil binnen een uur van jou een rapport.'
'Ik heb nog niets te rapporteren. Er is nog geen zinnig woord over deze zaak te zeggen.'
'Ik-wil-een-rapport.'
De Cock liep opnieuw naar de deur. 'Goed, meneer,' zei hij gelaten. 'Ik zal kijken wat ik voor u doen kan.'
Zijn toon had de commissaris moeten waarschuwen. Hij kende zijn ondergeschikte lang genoeg om te weten dat hij een hekel had aan zinloze, tussentijdse rapporten. Maar de commissaris was te woedend om zich dat te realiseren.

Binnen vijf minuten was De Cock in zijn kamer terug. In zijn grove rechterhand hield hij een verkreukeld velletje papier. Hij stak het de commissaris toe. 'Hier is uw rapport.'
De politiechef keek hem achterdochtig aan. 'Dat is snel.'
De Cock knikte. 'Het was ook niet veel werk,' zei hij droog. 'Elf woorden precies. Ik, rechercheur De Cock, rapporteer dat ik niets te rapporteren heb.'
Het leek alsof de commissaris ontplofte.
'Eruit,' brulde hij.
De Cock ging.

'Was het weer zover?'
De Cock maakte een grimas. 'Hij wilde een rapport,' zei hij simpel.
Vledder schudde het hoofd. 'Waarom probeer je niet een beetje lief voor hem te zijn?' zei hij met milde spot.
De Cock snoof. 'Omdat hij gisteravond voor de Officier met een mond vol tanden stond, moet ik een rapport maken. Belachelijk! Ik kan toch moeilijk elk uur van de dag bij hem voor de deur liggen om hem te vertellen wat ik nu weer heb gedaan?'
Vledder lachte. 'Ik heb een verrassing voor je. Buiten op de gang zit neef Robert.'
'Neef Robert?'
'Ja, hij wil je spreken.'
De Cock knikte. 'Goed, breng hem naar het verhoorkamertje. En bel jij intussen met het raadhuis in Zoetekamp en vraag de juiste personalia van Tjeerd Talema.'
Vledder grijnsde. 'Oké, boss.'

Robert d'Hovenier zag bleek. Zijn vlezige, bolle wangetjes hadden alle kleur en glans verloren.
'Hebt u al een spoor van Mabel?'
De Cock keek hem verwonderd aan. 'Ik herinner me niet ooit een opsporingsverzoek voor Mabel te hebben gekregen.'
De jongeman schoof heen en weer op zijn stoel. 'Maar ze is weg, meneer De Cock. Sinds de begrafenis is ze spoorloos. Ik heb gisteren de hele avond gezocht. Ze is nergens te vinden. Ik maak me ongerust. Ze heeft vannacht ook niet thuis geslapen.'
De Cock keek de jongeman onderzoekend aan. Zijn hersenen werkten onderwijl op volle toeren. Waarom was Robert d'Ho-

venier gekomen? Was hij werkelijk bezorgd over het welzijn van Mabel... Mabel Paddington, die hem zo hardnekkig van moord beschuldigde?
'Ik heb oom Charles gevraagd,' ging de jongeman verder, 'haar familie in Londen van haar verdwijnen op de hoogte te stellen. Hij weigerde. Hij vond het veel te voorbarig.'
De Cock knikte. Hij plantte beide ellebogen op het tafeltje en boog zich vertrouwelijk naar voren. Zijn gezicht was zo dicht bij dat van de jongeman, dat hij diens ademhaling hoorde.
'Wat weet Mabel?' fluisterde hij.
Robert d'Hovenier week achteruit. Zijn adem stokte en achter zijn metalen brilletje werden zijn ogen groot en angstig.
'Mabel...' hakkelde hij, 'Mabel weet niets.'
De Cock fronste zijn wenkbrauwen. 'Vreemd dat ze jou dan zo hardnekkig beschuldigt. Die hele vertoning gisteren in de aula had ze voor jou in scène gezet.'
Robert d'Hovenier slikte. 'Voor mij?' riep hij verbaasd.
De Cock knikte traag. 'Ze hoopte dat dat verschrikkelijke schilderij jou tot inkeer zou brengen.'
Hij lachte. 'En dat ik dan als berouwvol zondaar naar u toe zou stappen om te zeggen dat ik Marcel om zeep had gebracht.' Hij lachte opnieuw, hard, hol en vreugdeloos. Het had een nare nagalm.
'Zoiets,' zei De Cock uiterst kalm. 'En als je er behoefte aan hebt... Ik sta ook nu open voor een biecht.'
Het gezicht van Robert werd strak. Over zijn wangen rimpelde een zenuwtrek. 'Mabel is gek,' riep hij, 'met haar idiote schilderij. Ze heeft toch geen moment in ernst gedacht dat ik mij door zo iets zou laten imponeren?'
De Cock wreef met zijn hand over zijn gezicht. 'Ze is ervan overtuigd dat jij Marcel vermoordde. En dat is een ernstige zaak. Dat afschuwelijke dodenmasker in de aula diende om jou duidelijk te maken waarop haar overtuiging is gebaseerd.'
Robert keek de grijze rechercheur wat verward aan. 'U bedoelt dat de voorstelling op dat schilderij in de aula voor mij een informatie inhield?'
'Inderdaad.'
Robert grinnikte. 'Dat begrijp ik niet. Wat voor informatie? Wat wilde ze mij duidelijk maken?'
De Cock keek hem strak aan. 'Niets meer of minder,' sprak hij

ernstig, 'dan dat jij Marcel vermoordde.'
Robert d'Hovenier sprong geagiteerd op.
'Verdomme, ik heb...'
Plotseling stokte hij. De uitdrukking op zijn pafferig gezicht veranderde. Er steeg wat kleur naar zijn wangen en in zijn ogen verscheen een waakzame, haast sluwe blik. Langzaam liet hij zich in zijn stoel terugzakken.
'Als dat schilderij in de aula,' zei hij bedachtzaam, 'voor mij een boodschap inhield, dan volgt hieruit één duidelijke conclusie... Op de een of andere manier weet Mabel iets, waardoor bij haar de overtuiging leeft dat ik de moordenaar ben.'
De Cock keek de jongeman schuins aan. 'Een hoogst interessante conclusie, neef Robert,' zei hij spottend. 'Ik vroeg je bij het begin van ons onderhoud al: wat weet Mabel?'
Robert d'Hovenier antwoordde niet. Hij staarde wat wezenloos voor zich uit en streek met de rug van zijn hand langs zijn droge lippen.
De Cock boog zich weer naar voren. 'Wat weet Mabel?' herhaalde hij dwingend.
'Hoe weet ik dat?' riep Robert d'Hovenier geërgerd.
De Cock glimlachte fijntjes. 'Je hebt toch dat schilderij gezien!' Hij pauzeerde even en schudde toen langzaam het hoofd. 'Mabel Paddington is niet zo gek als jij mij wilt doen geloven, neef Robert. Misschien dat ze door de plotselinge dood van haar vriend wat uit haar gewone doen is geraakt, maar ze weet deksels goed wat ze doet. Daarom: wilde die vertoning gisteren in de aula enige zin hebben, dan moest haar boodschap op het schilderij voor de moordenaar duidelijk herkenbaar zijn.'
Het duurde geruime tijd voordat Robert d'Hovenier zijn stem terug had. 'U vergeet één ding,' zei hij hees, 'ik ben de moordenaar niet.'

Na het vertrek van Robert d'Hovenier bleef De Cock alleen in het verhoorkamertje achter. Terwijl in de aangrenzende recherchekamer met grote routine de misdaad van alledag werd verwerkt, zocht hij vertwijfeld een weg in een labyrint van mogelijkheden. Hij herinnerde zich niet ooit zo'n vreemde moord te hebben behandeld. Hij kon er geen lijn in ontdekken. Het was alles even verward en dwaas. Dat maakte hem kriegel. Het meest kwalijke was dat hij het slachtoffer niet kende en dat hij

vrijwel niets wist van diens achtergronden. Lag juist daar het motief voor de moord? Van één ding was hij inmiddels overtuigd: kende hij het motief, dan kende hij ook de moordenaar.
Vledder kwam luidruchtig het vertrek binnen. 'Wat heb je met neef Robert gedaan? Hij leek een gebroken man. Ik kwam hem op de gang tegen. Hij zag me niet eens.'
De Cock krabde zich achter in de nek. 'We hebben wat gebabbeld samen. Je zou het een geestelijk stoeipartijtje kunnen noemen.'
Vledder grijnsde. 'Ik schat zo dat het een wat eenzijdig gevecht is geweest.'
De Cock schudde het hoofd. 'Dat moet je niet zeggen. Achter zijn onnozele façade herbergt neef Robert een grote intelligentie. Ik zou hem maar niet onderschatten.'
'Wat kwam hij feitelijk doen?'
'Vragen of wij al een spoor hadden van Mabel Paddington.'
Vledder trok een zorgelijk gezicht. 'Is ze nog niet boven water?'
'Blijkbaar niet. Volgens Robert heeft ze vannacht niet thuis geslapen.'
'Zullen we er wat aan doen?'
'Wat?
'Een verzoek tot opsporing op de telex zetten.'
De Cock wreef met duim en wijsvinger in zijn ooghoeken. Het was een duidelijk teken van vermoeidheid. 'Laten we daar nog even mee wachten,' zei hij mat. 'Trek haar eerst eens na bij de hotelcontrole en informeer dan eens bij die academie met welke meisjes zij het meest werd gezien.'
Vledder knikte. 'Zal ik dan,' vroeg hij gretig, 'direct die meisjes gaan verhoren?'
De Cock keek langzaam op. 'Vooreerst lijkt me dat niet urgent.' In zijn stem klonk een licht verwijt. 'Heb je al met het raadhuis in Zoetekamp gebeld of ze daar een Tjeerd Talema hebben?'
'Ja, ik heb gebeld. Ze zullen het voor me nakijken. Zodra ze het weten, bellen ze. Zie je, de juffrouw die daar de registers van geboorten en overlijden bijhoudt, was even afwezig.'
'O,' zei De Cock.
Vledder glimlachte. 'In Zoetekamp kan dat.'
Vrijwel op hetzelfde moment rinkelde de telefoon.
Vledder nam de hoorn op en luisterde.
De Cock keek hem gespannen aan en zag hoe het gezicht van

zijn jonge collega versomberde.
'Wat is er?'
Zonder een woord te zeggen legde Vledder de hoorn op het toestel terug.
'Wat is er?' herhaalde De Cock.
Vledder slikte. 'Tjeerd Talema... bestaat niet meer. Hij is drie jaar geleden gestorven.'

13

Vledder zakte verbijsterd op een stoel. 'Hoe kan dat?' riep hij uit. 'Iemand kan toch geen twee keer sterven?'
De Cock beet op de nagel van zijn duim. Zijn gezicht kreeg een haast verbeten uitdrukking. De ogen flikkerden en de vriendelijke plooien rond zijn mond trokken grillige accolades. 'Misschien dat een kat negen levens heeft,' antwoordde hij scherp. 'Een mens leeft maar eenmaal.'
Vledder knikte. 'Je bedoelt dat hij ook maar eenmaal kan sterven.'
'Juist.'
'Maar Tjeerd Talema stierf tweemaal.'
De Cock schudde langzaam het hoofd. 'Als de man die wij uit het water van de Brouwersgracht visten, Tjeerd Talema was, dan stierf hij in de late avond van maandag, de 14de maart... Let wel: nu, niet drie jaar geleden.'
Vledder stond wat geagiteerd van zijn stoel op. Boven zijn rechte neus lag een dwarse denkrimpel. 'Maar wie stierf er dan drie jaar geleden?' riep hij fel. 'Zoetekamp is weliswaar een klein gat, maar de overlijdensregisters worden in ons goede vaderland toch overal braaf bijgehouden.'
De Cock trok zijn benen van het bureau en kwam traag overeind. Met de handen diep in de zakken van zijn wijde broek slenterde hij naar het raam. Zachtjes wippend op de ballen van zijn voeten bleef hij staan. 'Ik wil dat je neef Robert in de gaten houdt.'
Vledder kwam bij hem staan. 'Robert d'Hovenier?'
'Ja, en let ook op Mabel Paddington. Ze weet meer dan ze

zeggen wil. En dat kan wel eens gevaarlijk worden.'
'Voor wie?'
'Voor haar.'
Vledder grinnikte wat schaapachtig. 'Ik begrijp je niet.'
'Dat hoeft ook niet. Als ze aan het eind van de week nog niet boven water is, stel je het hele politieapparaat in werking om haar te vinden. Begrepen? Schakel desnoods de televisie in.'
De jonge rechercheur keek de grijze speurder onderzoekend aan. 'En jij dan?'
'Ik . . . ik ga morgen naar Zoetekamp. Er zullen daar beslist nog mensen zijn die ene Tjeerd Talema in leven hebben gekend.'

Het motorschip 'Insula' toeterde tweemaal schril de stilte weg. Toen gleed het de haven van Zoetekamp binnen, traag, statig, als een grote, witte zwaan. De haven lag verlaten te soezen in de zon. Alleen bij de oude werf lagen een paar ontluisterde vissersboten.
De dekknecht gooide behendig een tros om een zware meerpaal. Het schip draaide langzaam bij. De meerpaal kraakte. De kapitein kwam uit zijn stuurhut en riep wat naar een groepje mannen en vrouwen aan de wal. In hun typische, wat sobere klederdracht zagen ze er massaal uit. De vrouwen riepen iets terug en de mannen lachten.
Toen de 'Insula' eindelijk lag gemeerd en de loopplank was uitgelegd, stapte De Cock als een der eersten van boord. Met een groot, rechthoekig pak onder de arm slenterde hij langs de kade. Het rook er naar vis en getaande netten. Aan het einde van de kade, bij het houten gebouwtje van de gemeentelijke visafslag, nam hij plaats naast een oude visser, die op een bank in alle rust aan zijn pijpje lurkte. Het bleek een uiterst vriendelijke man, die onmiddellijk bereid was tot een praatje. Hij schoof zijn astrakan muts wat naar achteren en vroeg belangstellend wat 'meneer' in het dorp kwam doen.
'Schilderen,' loog De Cock en hij wees naar het rechthoekige pak onder zijn arm.
De oude knikte begrijpend. 'Onze witte vuurtoren is mooi,' gebaarde hij. 'Mooier dan die van Ameland. Ook ons oude kerkje aan de zee wordt door vreemden veel geschilderd. Het is al van vijftienzeventien.'

De Cock glimlachte beleefd. Als hij tijd genoeg had, beloofde hij, zou hij aan beide onderwerpen zijn beste schilderskrachten wijden.
Op zijn verzoek leidde de oude visser hem door een netwerk van smalle straatjes naar 'Het Wapen van Zoetekamp', het enige hotel dat het dorp rijk was. Onderweg babbelde de oude honderduit.
'Waar komt meneer vandaan?'
'Amsterdam.'
O, daar ben ik een keer geweest. In een kroeg op de Zeedijk. In een klein uurtje was ik al mijn geld kwijt. Gauwdieven. En bij de politie hoef je daar niet te komen. Ze heulen met dat tuig, weet u?'
De Cock grijnsde breed. 'Slecht volk, die politie.'
Voor het hotel bleven ze staan. Boven de zware toegangsdeur, op een fraai gesmeed uithangbord, stond het wapen van Zoetekamp: drie haringen op een blauw vlak.
De oude visser draalde wat.
'Mag ik u iets aanbieden?' vroeg De Cock.
De oude keek hem schalks aan. 'Waarom dacht meneer dat ik hem helemaal naar Jauwkien van Trui heb gebracht?'
De Cock fronste zijn wenkbrauwen. 'Wie is Jauwkien van Trui?'
De visser wees met zijn duim naar het hotel. 'De eigenares. Een goed vrouwmens. Ze schenkt een stevige dubbele dikkop.'
'Een dubbele dikkop?'
De oude knikte. 'We drinken hier alleen maar dubbele,' legde hij uit.

Een 'dubbele dikkop' bleek een ruime hoeveelheid oudvaderlandse jonge jenever in een bolvormig glas op brede voet. De oude visser genoot er zichtbaar van. Hij keek wat misprijzend naar de cognac die de rechercheur zich door Jauwkien van Trui aan een tafeltje achteraf had laten brengen.
'Smaakt dat spul?' vroeg hij belangstellend. 'Ik wist niet dat Jauwkien het had. Het komt van de Fransozen, is het niet?'
De Cock knikte en schoof hem zijn glas toe. 'Wilt u het eens proberen? Ik heb er nog niet van gedronken.'
De oude maakte een afwerend gebaar. 'Ik hou me maar bij mijn eigen recept.'

De Cock keek eens rond. De gelagkamer van 'Het Wapen van Zoetekamp' was sfeervol ingericht. Aan de brede luifel boven de ouderwetse tapkast hingen zwartgetaande netten met groenglazen drijvers en uitgedroogde kurken. Aan de zware balken van de lage zoldering hing een bonte verscheidenheid van zeedieren. Midden in het lokaaltje, op een glanzend gelakt scheepszwaard, stond een fraai model van een oude vissersschuit, compleet met volledige tuigage. Het was er vrij druk. De bezoekers, meest oudere mannen, dronken luid pratend hun dubbele dikkop of schoven peinzend hun damstenen over het bord.
De Cock zocht voor zijn doel een strategisch plekje. Toen hij dat had gevonden, nam hij het rechthoekige pak en liep ermee naar een onbezet tafeltje aan de wand. Om de aandacht op zich te richten gooide hij in zijn loop wat stuntelig een stoel omver. Toen hij de zekerheid had dat vrijwel iedereen naar hem keek, zette hij het pak op het tafeltje en trok voorzichtig de hoes weg. Langzaam werd het schilderij zichtbaar; een krachtig portret in felle okers. Het rumoer in het zaaltje verstomde. De dubbele dikkoppen bleven op tafel en de dammers lieten hun stenen rusten. De oude visser stapte nieuwsgierig naderbij.
'Dat is . . . eh . . . dat is die jongen van Talema!' stamelde hij onthutst. 'Dat is hem precies.'
De Cock haalde wat nonchalant zijn schouders op. 'Ik weet niet hoe hij heet. Ik heb hem zomaar ergens ontmoet,' loog hij, 'en toen gevraagd of ik hem schilderen mocht. Ik vond dat hij een markante kop had.'
De bezoekers van 'Het Wapen van Zoetekamp' stonden in een halve kring om het schilderij. Ook Jauwkien van Trui was op haar muilen van achter de tapkast gesloft.
'Het is Tjeerd,' zei ze beslist.
De anderen knikten instemmend.
'Wanneer hebt u dat geschilderd?'
De Cock keek de struise waardin strak aan. 'Vier weken geleden.'
Er viel een vreemde stilte. De mannen staarden van de rechercheur naar het portret en terug. Hun blik was wantrouwend, bijna vijandig.
'Wanneer zei u?' In de stem van de waardin klonk een lichte dreiging.
'Vier weken geleden,' herhaalde hij effen.

De oude visser schudde heftig het hoofd. 'Dat kan niet,' riep hij fel en opgewonden. 'Tjeerd Talema is drie jaar geleden gestorven. Ik was zelf nog op zijn begrafenis.'

De Cock schoof zijn hoedje wat naar voren en keek omhoog. 'LAATSTE RUSTPLAATS' stond er in een boog van gouden letters. Voor een tweede dubbele dikkop had hij de oude visser zover gekregen hem het graf van Tjeerd Talema te wijzen.
De doodgraver van Zoetekamp, een simpele man met een groot, rond hoofd en een paar fletse ogen, trok een ijzeren ketting weg en duwde het oude hek voor hen open. De zware scharnieren piepten een protest.
De doodgraver boog met de pet in zijn hand. 'Na u.' Op zijn groot, lelijk gezicht lag een brede grijns.
De Cock zocht in zijn zak naar een fooitje.
Naast hem sjokte de visser het kerkhofje op. Het grove grind knarste onder zijn klompen.
'Tjeerd Talema zat nog bij me in de pollemetasie.'
De Cock keek hem van opzij aan. 'Pollemetasie?'
De oude knikte. 'Hij was een kind van een nicht van mijn moeder. We zijn hier in het dorp eigenlijk allemaal een beetje familie van mekaar. De ouders van Tjeerd zijn vrij jong gestorven. De jongen was al vroeg wees. Hij is grotendeels opgegroeid bij zijn grootje.' Er gleed een glimlach van herinnering over zijn rimpelig gezicht. 'Een bar wijf. Ik heb in mijn jonge jaren nog eens met haar gevreje.'
'Leeft ze nog?'
'Wie?'
'Grootje.'
De oude schudde het hoofd. 'Ook al jaren dood.'
Hij deed een paar passen opzij en schopte achteloos met zijn klomp tegen een zerk. 'Hier ligt ze.'
Hij kwam onmiddellijk weer terug. 'Tjeerd Talema had een knappe bol,' ging hij verder. 'Hij was amper vijftien jaar, toen zei meester Bos al dat hij hem feitelijk niets meer kon leren.'
De Cock schoof zijn onderlip naar voren. 'Zo, zo,' zei hij bewonderend.
De oude knikte. 'Hij is ook later aan de wal gaan studeren. Rechten, geloof ik. Tjeerd wilde beslist geen dominee worden.'
Hij maakte een paar vreemde tut-geluidjes. 'Daar is in de

familie heel wat over te doen geweest.'
'Waarom?'
De oude visser haalde wat onwillig zijn schouders op. 'Traditie. Iedereen in ons dorp die gaat studeren, wordt dominee of dokter. Tjeerd wilde wat anders.' Hij zweeg even. 'Hij heeft feitelijk zijn hele leven wat anders gewild.'
'Waaraan is hij gestorven?'
'Als ik me goed herinner had ie iets aan zijn hart. Hoekstra, onze jonge dokter, heeft het destijds wel uitgelegd, maar ik ben het weer vergeten.'

Aan het einde van een dwarspad, bij een fraaie, witmarmeren steen, bleef de oude staan. Met een devoot gebaar nam hij zijn muts van het hoofd. Zijn grijze haren wapperden in de wind.
'Hier ligt hij nu,' zei hij zacht.
De Cock volgde het voorbeeld van de oude. Met zijn hoedje in de hand bleef hij voor de grafsteen staan.

Hier rust
TJEERD TALEMA

geb. 27 dec. 19 . .
overl. 12 febr. 19 . .

Hij die zelfs de dood
heeft overwonnen . . .

'Ziet u wel,' zei de oude, 'u kunt hem nooit vier weken geleden hebben geschilderd.'
De Cock antwoordde niet. Hij staarde onafgebroken naar de letters in het marmer. Telkens las hij de tekst opnieuw. Hij had het vreemde gevoel dat de oplossing van het raadsel hier voor hem lag, maar de verlossende gedachtenvonk wilde niet komen.
'Wie heeft die steen laten plaatsen?'
'Dirk Hoekstra.'
'De jonge dokter?'
'Ja. Hij was een vriend van Tjeerd. Hij heeft ook de hele begrafenis verzorgd.'
'En die tekst?'
'Die heeft de dokter zelf uitgezocht.'

'Een mooie tekst.'
De oude knikte instemmend. 'We waren er in de familie erg blij mee.'
De Cock keek opzij. Iets in de stem van de oude visser had hem getroffen.
'Blij?'
'We hadden het niet verwacht.'
'Hoezo?'
De oude keek De Cock wat bedroefd aan. 'Dr. Hoekstra, ziet u, is niet gelovig, zoals wij. Hij is een atheïst.'

14

De oude visser bleef midden in het straatje staan, de benen iets uit elkaar, stug, stram, alsof hij van plan was nooit meer een stap te doen.
'Waarom wilt u naar de jonge dokter?' In zijn stem klonk ergernis.
De Cock tikte op zijn borst. 'Ik heb last van mijn hart,' loog hij.
De oude snoof. 'U hebt net zo min iets aan uw hart als ik aan mijn klompen.' Hij keek wat schuins naar de rechercheur omhoog. 'En zal ik u eens wat zeggen?'
'Nou?'
'U bent helemaal geen kunstschilder.'
De Cock plooide zijn gezicht in verbazing. 'O nee?'
De oude schudde zijn hoofd. 'We zijn net langs ons oude kerkje gekomen; het schilderachtigste plekje van ons hele dorp . . . en u hebt er niet eens naar gekeken.'
De Cock boog zich naar hem toe. 'Zal ik u eens wat zeggen?'
'Nou?'
'U hebt gelijk . . . Ik ben geen kunstschilder.'
De visser keek hem wantrouwend aan. 'Wat bent u dan?'
De Cock antwoordde niet direct. Hij vroeg zich af in hoeverre hij de man in vertrouwen kon nemen. 'Ik ben rechercheur,' zei hij zacht.
'Van de politie?'
De Cock knikte. 'En ik beloof je nog een dubbele dikkop als je

daar voorlopig met niemand over spreekt.'
Het gezicht van de visser verhelderde. Er gleed een glimlach over zijn brede kaken. 'Ik kan zwijgen als het graf.'
De Cock plukte aan zijn onderlip. In zijn grijze ogen kwam een peinzende uitdrukking. 'Soms . . .' zei hij traag, 'soms kan zelfs een graf niet zwijgen.'

Dr. D. Hoekstra, arts, stond er in zwarte letters op een glimmend koperen plaat; en daaronder stonden in wit de tijden waarop de dokter te consulteren was.
De Cock keek op zijn horloge en stelde vast dat het spreekuur bijna was verstreken.
De oude visser maakte een vaag gebaar. 'Als u mij weer nodig hebt . . . U kunt me aan de haven vinden. Dezelfde plek. Op de bank bij de afslag.' Hij liep een paar passen weg en kwam toen weer terug, een bezorgde trek op zijn gezicht. 'Laat je door hem niets geven,' zei hij met een lichte hoofdknik in de richting van de deur.
De Cock keek hem verwonderd aan. 'Geven . . . Waarom niet?'
'Vorige maand gaf hij een vriend van mij een paar kleine, rode pilletjes . . . Een week later konden we hem wegdragen.' Hij schudde het hoofd. 'Ik heb het niet zo erg op die jonge dokter. Ziet u, hij experimenteert mij te veel. Dat mag je met mensen niet doen. Als u het mij vraagt . . .' Hij aarzelde even. 'Als u het mij vraagt, dan had ook Tjeerd Talema niet hoeven sterven.'
'Wat?'
De oude man wreef met zijn hand langs zijn stoppelige kin. 'Kijk, je hoeft je van de praatjes in ons dorp natuurlijk niets aan te trekken, maar het is een feit dat Tjeerd Talema er drie dagen voor zijn dood nog opmerkelijk gezond uitzag.'

Aan de wanden van de wachtkamer hingen de gebruikelijke platen van het Rode Kruis en de TBC-bestrijding. Op ongemakkelijke stoelen met hoge, rechte rugleuning zaten enkele Zoetekampse vrouwen. Ze keken wat vreemd naar de rechercheur op.
De Cock groette uiterst beleefd, nam wat schuchter plaats - hoedje op zijn knieën - en wachtte geduldig tot een venijnig zoemertje de vrouwen één voor één had weggeroepen. Het duurde niet lang. De jonge dokter scheen zijn diagnoses snel te stellen.

Toen het zoemertje voor hem ging, treuzelde De Cock opzettelijk. Eerst toen het voor de tweede keer klonk, stapte hij de spreekkamer binnen.

Dr. D. Hoekstra bleek een lange, schrale man met dik, donkerblond haar, scherpe, hoge jukbeenderen en een paar helgroene, indringende ogen. Hij droeg een helderwitte jas met korte mouwen. De armen die er uitstaken waren lang, bruin en gespierd. Hij kwam van achter zijn bureau vandaan en stak de rechercheur een sterke, koele hand toe. Even kruisten hun blikken elkaar. Maar de begroeting was puur professioneel. De dokter ging onmiddellijk weer achter zijn bureau zitten en greep uit de la een blanco kaart.
'Naam?'
'De Cock . . . met ceeooceekaa.'
'Beroep?'
De Cock aarzelde. Hij voelde er weinig voor onmiddellijk opening van zaken te geven.
'Verzekeringsagent,' loog hij. Het was het eerste beroep dat hem te binnen schoot.
De dokter keek op.
'Gaat u zich in ons dorp vestigen?'
De Cock glimlachte. 'Zijn hier nog zaken te doen?' vroeg hij ontwijkend. 'Ik ben gespecialiseerd in verzekeringen op het leven.'
Er kwam een wat afwezige blik in de ogen van de dokter. 'Levensverzekeringen.'
De Cock knikte. 'Ik heb er een goed belegde boterham aan,' zei hij zuchtend. 'Maar volgens mij moest de staat de verzekeringen op het leven verbieden. Het zijn zulke onzedelijke overeenkomsten.'
De jonge dokter legde zijn pen neer. De opmerking had hem kennelijk getroffen. 'Onzedelijk? Waarom?'
'De naam is al verkeerd. Niet het leven vormt de inzet, maar de dood.'
De dokter keek hem wat starend aan. 'Ik denk,' zei hij bedachtzaam, 'dat vele mensen het niet met u eens zullen zijn. Een levensverzekering is per definitie niet onfatsoenlijk. Voor velen is het geruststellend te weten dat de mensen die hun dierbaar zijn, na hun dood niet onverzorgd achterblijven.'

De Cock plooide zijn gezicht in bewondering. 'Als ik in het vervolg weifelende klanten heb, dan stuur ik ze naar u. Heel mooi. U zou zelfs mij nog een levensverzekering aanpraten.'
De dokter lachte; een vrolijke, open lach. 'Schoenmaker, blijf bij je leest,' grinnikte hij. 'Laat ik me maar bij mijn pillen en kwaaltjes houden.' Zijn vriendelijke, levendige gezicht verstarde weer tot een vlak beroepsmasker. 'Wat zijn uw klachten?' Ook zijn stem had weer een professionele klank.
De Cock wees op zijn borst. 'Mijn hart.'
'Wat is daarmee?'
De Cock glimlachte wat verlegen. 'Ik . . . eh . . . ik heb soms het gevoel,' zei hij met een ernstige ondertoon, 'dat het voor mijn leeftijd wat te onstuimig klopt.'
De jonge dokter pakte zijn pols beet.
'Hoe oud bent u?'
De Cock antwoordde niet.
De dokter keek naar hem op. 'Hoe oud bent u?' herhaalde hij kriegel.
De Cock kneep zijn lippen op elkaar. 'Net als Tjeerd Talema,' zei hij grimmig, 'te jong om te sterven.'
Dr. Hoekstra kwam met een ruk uit zijn stoel overeind. Zijn gezicht zag plotseling rood en zijn helgroene ogen flikkerden kwaadaardig. Hij strekte zijn rechterarm in de richting van de deur. 'Ik verzoek u onmiddellijk mijn spreekkamer te verlaten.'
De Cock schudde langzaam het hoofd. 'Ik moet u teleurstellen,' zei hij met lichte ironie. 'Ik ben namelijk niet van plan aan uw vriendelijk verzoek te voldoen voordat u mij precies hebt verteld waaraan uw vriend Tjeerd Talema stierf.'
De dokter boog zich briesend naar hem toe. 'Daar hebt u geen bliksem mee te maken,' schreeuwde hij woest.
De Cock haalde wat onverschillig zijn schouders op. 'Ik kan natuurlijk de verklaring van overlijden die u drie jaar geleden hebt ingevuld, uit het register opdiepen . . .' Hij pauzeerde even voor het effect. 'Ik kan ook de Officier van Justitie bewegen tot opgraving over te gaan. Ik denk dat mij dat op basis van de dorpsroddel wel zal lukken.'
Dr. Hoekstra liet zich in zijn stoel terugvallen. Het rood was uit zijn gezicht gevloeid. Hij zag nu grauw. Zenuwgolfjes trilden langs zijn kaken.
'Wie bent u?' vroeg hij hees.

De Cock produceerde zijn beste glimlach. 'Ik ben onder een valse vlag bij u binnengevaren,' zei hij beminnelijk. 'Ik ben geen verzekeringsman. Ik ben rechercheur van politie.'
'O.'
'Ja, ik ben vanmorgen vroeg uit Amsterdam naar Zoetekamp gekomen omdat het mij is gaan interesseren hoe Tjeerd Talema stierf.'
De dokter knikte traag. 'Ik weet dat er in het dorp wordt gekletst. Vergeeft u mij mijn uitbarsting van zoëven. Het is zo moeilijk je tegen roddel te wapenen.' Hij streek met een vermoeid gebaar langs zijn ogen. 'Tjeerd Talema was mijn vriend . . . de enige die ik tot nu toe in mijn leven heb gekend . . . Dacht u dat ik niet al mijn kennen en kunnen heb aangewend om hem te redden?'
De Cock keek hem enige tijd onderzoekend aan. Hij vroeg zich af hoeveel waarheid de dokter in zijn betoog had verwerkt.
'Waaraan is hij gestorven?'
'Tjeerd had jaren achtereen een wild leven geleid. Bij sommigen laat dat geen sporen na. Voor anderen is het fataal. Tjeerd stierf aan wat de Amerikanen een 'managers disease' noemen.'
'U bedoelt de beruchte managersziekte?'
'Ja, in feite een gewone hartverlamming als gevolg van grote geestelijke en lichamelijke inspanningen over een langere periode. Ik heb dat ook in mijn verklaring van overlijden vermeld.'
De Cock knikte. 'Hij stierf dus een natuurlijke dood.'
'Ja, niets bijzonders. Het enig opmerkelijke was misschien dat Tjeerd nog betrekkelijk jong was.'
De Cock wreef met zijn hand over zijn breed gezicht. 'Hoe kon dan die dorpsroddel ontstaan?'
'U weet hoe dat is in een dorp. Iedereen weet alles, behalve de man over wie het gaat . . . die weet niets.'
'Geen vermoeden?'
De dokter wuifde wat vaag voor zich uit. 'Ik denk dat onze timmerman de roddel op gang heeft gebracht.'
De Cock keek hem ongelovig aan. 'De timmerman?'
Dr. Hoekstra glimlachte. 'Het is hier gebruikelijk dat na een sterfgeval de timmerman wordt gewaarschuwd. Hij neemt de maat en begint dezelfde dag nog met het maken van de doodkist. Nu is die timmerman in ons dorp een wat vreemde figuur, een zuiplap, die elk overlijden met vreugde begroet.'

'Wat?'
'Hij krijgt eerst een paar borrels bij het nemen van de maat en vervolgens een hele sloot bij het sluiten van de kist. Ik heb hem wel straalbezopen uit een sterfhuis zien komen.'
De Cock lachte luid. 'Het is niet waar!'
De dokter knikte. 'Ik zweer het u,' zei hij ernstig. 'En er is niemand die het hem durft te weigeren. Ze zijn in het dorp allemaal bang voor de oude knaker.'
'Knaker?'
'Zo wordt hij genoemd. Het is een nogal sinistere figuur, die liefst in het holst van de nacht luid zingend aan zijn doodkisten timmert.'
'En de roddel?'
De dokter produceerde een droeve grijns. 'Het ligt voor de hand. Toen Tjeerd Talema hier in mijn huis stierf, wilde ik niet dat die knaker er een bacchanaal van zou maken. Nadat hij zijn werk had gedaan, stuurde ik hem weg.'
'Zonder borrel?'
'Zonder borrel,' herhaalde de dokter toonloos. 'Sindsdien doen over mij in het dorp de wildste verhalen de ronde en sommige patiënten laten zich niet meer zien. Men heeft mij al aangeraden mijn praktijk hier op te geven, maar ik ben een koppige Fries. Ik laat me niet verjagen . . . zeker niet door een knaker.'
Een tijdlang zwegen beiden. De Cock ging in gedachten het onderhoud nog eens na. Hij kon dat. Elk woord, elk gebaar, elke intonatie bracht hij in zijn herinnering terug. Hij keek op. De man voor hem was hem niet onsympathiek, integendeel. Toch betwijfelde hij of de jonge dokter volkomen oprecht was geweest.
Wat traag haalde hij zijn zakboekje te voorschijn, bladerde even en las toen zonder enige inleiding;

'Amice, ik ben aan het eind van mijn odyssee. Ik heb haar gevonden. Je weet wat dat betekent. Het vreemde is dat ik noch blij, noch verbitterd ben. Mijn hart is leeg. Er zijn zelfs momenten dat ik twijfel of ik mijn plan wel zal uitvoeren. Het lijkt soms zo zinloos. Maar wat er ook gebeurt . . .

Hij glimlachte wat verlegen. 'Meer was er niet,' legde hij verontschuldigend uit. 'De brief was niet afgemaakt.'

Hij deed zijn boekje in zijn binnenzak en pakte zijn hoed. Zonder iets te zeggen stond hij op en liep weg. Bij de deur keek hij nog eens om.
Dr. Hoekstra zat als verdoofd in zijn stoel. Zijn gezicht zag zo wit als een doek.

15

De Cock slenterde op zijn gemak naar de haven. Hij hoopte dat hij de dokter op de juiste manier had bewerkt. Het voorlezen van de brief was een opwelling geweest, een plotselinge impuls waarvan vooraf niet viel te voorspellen hoe het zou uitpakken. Het was een schot in de ruimte. Maar al had hij het gevoel zich in deze zaak weinig 'missers' te kunnen veroorloven, het kon geen kwaad. De 'Sjaak' van Zwarte Sylvie had de brief kort voor zijn dood geschreven. Uit de tekst bleek duidelijk dat de vriend voor wie de brief was bestemd, van alles op de hoogte was. Hij schreef: Ik heb haar gevonden. Er werd geen verdere aanduiding gegeven. De vriend wist kennelijk wie met die haar werd bedoeld. Blijkbaar was hij ook op de hoogte van het plan dat de briefschrijver had . . . Een plan waarvan deze betwijfelde of het nog zin had. De Cock zuchtte.
Waarom zou de jonge dokter die 'vriend' niet kunnen zijn? Het kon toch . . . of niet?
Hij tastte in zijn zakken en stak een sigaret op. De 'Sjaak' van Zwarte Sylvie, zo mediteerde hij, bleek ene 'Marcel' uit het logement 'De Blauwe Lampetkan'. En die Marcel had in een vertrouwelijke bui aan oom Lodewijk gebiecht dat hij Tjeerd Talema was.
Hij inhaleerde diep. Die Tjeerd Talema werd op de 15de maart in Amsterdam met ingeslagen schedel uit het water van de Brouwersgracht gevist. En al had hij, De Cock, dan nog niet de hand op de moordenaar kunnen leggen, tot zover had alles een 'natuurlijk' verloop. Hij grinnikte voor zich uit.
Maar hier, in het vriendelijke Zoetekamp, vertelde iedereen dat Tjeerd Talema al drie jaar geleden was gestorven. Het stond in het Zoetekampse overlijdensregister onverbiddelijk ver-

meld . . . een witmarmeren steen op het kerkhof liet aan duidelijkheid niets te wensen over . . . en een jonge dokter getuigde geduldig dat Tjeerd Talema, de enige vriend die hij in zijn leven had gekend, drie jaar geleden aan een simpele hartverlamming was gestorven.
Hij trok zijn gezicht in een droeve grijns. Het was misschien het beste om onmiddellijk de boot naar Amsterdam te nemen en de commissaris nederig te vragen of hij nog iemand achter de hand had om die zaak van de vermoorde drenkeling over te nemen. Dat gegoochel met een tweemaal gestorven Tjeerd Talema zat hem niet lekker. Niemand sterft voor de tweede maal. Al deden ze hier in Zoetekamp nog zo hun best . . . het kon niet. De Tjeerd Talema naar wiens moordenaar hij zocht, stierf op de 14de maart en niet op de 12de februari drie jaar geleden.
Hij bukte zich voor een lijn met wasgoed die dwars over het straatje was gespannen.
Maar wie, zo vroeg hij zich af, lag er dan onder die witmarmeren steen? Of . . . of hadden er misschien twee Tjeerds Talema bestaan?
Hij schudde wat kriegel zijn hoofd. Dat leek hoogst onwaarschijnlijk! Beide mannen zouden dan niet alleen dezelfde naam hebben gedragen, maar bovendien nog als twee druppels water op elkaar hebben geleken. Immers, het portret dat Mabel Paddington vier weken geleden van de toen nog levende Tjeerd Talema schilderde, werd door mensen die een drie jaar dode Tjeerd Talema bedoelden, onmiddellijk herkend. Hij grijnsde breed. Zou het misschien een onmiddellijk-na-de-geboorte-gescheiden-eeneiige-tweeling zijn geweest.
Hij trok zijn neus op. Goed voor een droef keukenmeidenverhaal. In de grauwe praktijk van zijn lange rechercheloopbaan was hij zoiets nog nooit tegengekomen. Maar het kon natuurlijk, het kon. En het was zaak om met alle mogelijkheden rekening te houden.
Bijna ongemerkt was hij aan de haven gekomen. Hij vond de visser, zoals afgesproken, op de bank bij de visafslag. De oude klopte zorgvuldig zijn pijpje tegen de zijkant van zijn klomp uit.
'Heeft hij u wat gegeven?' vroeg hij nieuwsgierig.
De Cock schudde zijn hoofd.
'We hebben het over Tjeerd gehad.'
'En?'

'Hij is gestorven aan een hartverlamming.'
De oude knikte bedachtzaam. 'Dat zei de dokter toen ook. Tjeerd was aan zijn hart gestorven.' Hij borg voorzichtig zijn stenen pijpje op. 'Het is niet zo vreemd als jonge mensen aan hun hart sterven.' Met de rug van zijn hand wreef hij langs zijn mond. 'Hoeveel keren zal ik in mijn jonge jaren aan mijn hart zijn gestorven? Man . . . soms driemaal in de week.'
De Cock keek hem fronsend aan. 'U bedoelt dat Tjeerd Talema niet aan een hartverlamming stierf?'
De oude schudde het hoofd. 'Tjeerd was misschien weer eens dodelijk verliefd, maar zijn hart . . . zijn hart mankeerde niets.' Hij stond van zijn bank op. 'Zal ik u eens wat zeggen? Zolang ik me kan herinneren - en dat is al heel lang - is er in onze familie nog nooit iemand aan zijn hart gestorven.' Hij sloeg wat wild met zijn vuist op zijn borst. 'En dan bedoel ik die tikker, hier, van binnen.'
'Waaraan stierf Tjeerd Talema dan?'
'Kijk, meneer de rechercheur, dat had u nu aan de dokter moeten vragen.'
De Cock klemde zijn lippen op elkaar. Hij had het wanhopige gevoel steeds verder van de oplossing weg te drijven. 'Wie is de knaker?'
De oude glimlachte. 'Heeft de dokter van hem verteld?'
De Cock knikte. 'Hij zegt dat het zijn schuld is dat er hier in het dorp over hem wordt geroddeld.'
De oude keek wrevelig voor zich uit. 'De knaker is een puur best mens. Ik ken hem. Zijn enige ondeugd is dat hij graag een dikkop lust. En wat is daarop tegen?'
'Niets.'
'Zo is het! De jonge dokter heeft zich alleen vergist. Hij dacht dat de knaker na één fles jonge jenever al niet meer wist wat hij deed.' Hij krabde zich grinnikend in de nek. 'Dan had hij een vat voor hem neer moeten zetten.'
De Cock keek de visser verwonderd aan. 'Gaf dokter Hoekstra,' vroeg hij ongelovig, 'de knaker een hele fles jenever?'
De oude knikte overtuigd. 'Een hele fles. En hij had nog meer kunnen krijgen.'
De Cock staarde somber voor zich uit. Hij begreep het niet meer. Die dokter had toch duidelijk gezegd dat hij de timmerman zonder borrel had weggestuurd!

'Waar kan ik de knaker vinden?'
De oude wuifde in de richting van het dorp. 'In de timmerloods. Griet van Lange Meindert is gisteren gestorven. Hij zal wel met haar kist bezig zijn.' Hij keek naar de rechercheur op. 'Ik wil u wel even brengen. Het is nogal lastig te vinden.'
'Graag.'
De visser streek langs zijn tanige nek. 'Ik heb alleen hier weer zo'n droog gevoel. En als ik me goed herinner, dan heb ik nog steeds een dubbele van u tegoed.'
De Cock lachte. 'U hebt gelijk. We kunnen samen best een hartversterkertje gebruiken.'
Broederlijk stapten ze naar 'Het Wapen van Zoetekamp'.

Jauwkien van Trui kwam onmiddellijk naar hen toe. Haar gezicht straalde. Ze tastte in een zak onder haar schort en legde voor de verbaasde ogen van de rechercheur vijf bankbiljetten van honderd gulden neer.
'Die zijn voor u.'
De Cock keek verward op. 'Voor mij?'
Ze knikte. 'Ik heb uw schilderij verkocht.'
'Wat?'
Ze keek hem lachend aan. 'Een mooie prijs, vindt u niet?'
De Cock slikte. 'Ma . . .maar,' stamelde hij, 'ik wilde het schilderij helemaal niet verkopen.'
Het gezicht van de hotelhoudster betrok. 'U maakt toch geen schilderijen om ze zelf te houden?'
De Cock sloeg zijn handen voor zijn gezicht. Het was stom geweest het portret in de gelagkamer te laten staan. 'Wie heeft het gekocht?' kreunde hij.
'Ilona.'
'Welke Ilona?'
'Ilona van Corstanje. Ze is altijd al gek op Tjeerd geweest. Ze kwam hier een half uurtje geleden nogal zenuwachtig binnen. Blijkbaar had iemand haar verteld dat u een portret van Tjeerd had geschilderd. Hier in het dorp gaan de nieuwtjes nu eenmaal snel rond.
Ze is daar op een stoel bij het raam gaan zitten en heeft een tijdlang naar het schilderij gekeken. Je kon zien dat het haar aangreep. Ik wil het kopen, zei ze. Wat moet het kosten?' De hotelhoudster plooide haar gezicht in een komische grijns. 'Ik

zei: vijfhonderd gulden. Ik dacht, dat doet ze toch niet. Wie geeft er nu vijfhonderd gulden voor een schilderij? Nog wel zonder lijst.'
'En?'
'Ze stond op en ging zonder iets te zeggen weg. Na vijf minuten was ze terug, legde vijf briefjes van honderd voor me neer en nam het schilderij mee.'
De Cock knikte. Plotseling, in een enkele beweging, griste hij de bankbiljetten van tafel en stond op. Hij trok de oude visser aan zijn schouder omhoog. 'Kom mee, vriend. Wijs me het huis van Ilona van Corstanje.'
De oude protesteerde heftig. 'Mijn dubbele dikkop,' pruilde hij.
De Cock grijnsde. 'Straks . . . straks krijg je een hele fles.'

Van een afstandje wees de oude visser naar een sierlijke villa met een goed onderhouden tuin. 'Daar woont ze.'
De Cock schoof met een kromme wijsvinger langs zijn duim. 'Dat ziet er rijk uit.'
De oude grinnikte. 'Ja, daar zit wel voor een paar duiten.'
'Woont die Ilona daar alleen?'
'Met haar moeder.'
'Niet getrouwd?'
'Nee.'
'Niet aantrekkelijk?'
De oude schoof zijn onderlip naar voren. 'Ilona is een verdraaid mooie meid.' In zijn stem klonk oprechte bewondering. 'Weet je, niet te dik in het vlees, maar toch alles goed op zijn plaats. Er zijn ook heel wat jong-kerels op afgekomen. Tja . . . Maar ze had het op Tjeerd voorzien. En toen hij stierf, gooide ze de kop in de wind. Och, in het begin hadden de mensen in ons dorp wel begrip voor haar verdriet. Natuurlijk. We wisten allemaal dat ze veel van Tjeerd had gehouden. Maar toen het wat lang duurde, namen we het haar kwalijk.' De oude snoof. 'Bij alles wat zij een man te bieden heeft, is het ook godgeklaagd.'
'U bedoelt?'
De oude maakte een ongeduldig gebaar. 'Ze wijst alle aanzoeken af. Zonder meer. En heus niet van de eerste de beste. Weet je, er wordt gefluisterd dat zelfs de jonge dokter bij haar een blauwtje heeft gelopen.'
'Hoekstra?'

De oude frunnikte aan het ringetje in zijn oor. 'Kort na Tjeerds dood kwam hij regelmatig bij haar op bezoek. Begrijp je . . . ook dat heeft de mensen aan het denken gezet.'
De Cock wreef met zijn hand over zijn gezicht. 'En de goegemeente ging denken dat hij de dood een handje had geholpen?'
De oude visser keek naar hem op. 'Voor een dokter maar een kleine moeite.'
De Cock knikte peinzend. 'Voor een dokter maar een kleine moeite.'

16

Met de deurknop in de hand keek Ilona van Corstanje de rechercheur onderzoekend aan. De blik uit haar donkere ogen was koel, hooghartig, bijna vijandig.
'Wat komt u doen?'
De Cock glimlachte wat verlegen. 'Ik kom mijn schilderij halen.'
Er gleed een zenuwtrek langs haar lippen. 'Uw schilderij?'
De Cock knikte. 'Ik had het zolang in de gelagkamer van 'Het Wapen van Zoetekamp' achtergelaten. De waardin heeft het buiten mijn weten verkocht. Ik had haar geen toestemming gegeven.'
Haar gezicht verstarde. 'U wilt een hogere prijs?'
De Cock schudde zijn hoofd. 'Nee,' zei hij met een pijnlijk gezicht, 'het schilderij is niet te koop.'
'O.'
'Ik wil het u wel uitleggen.'
Ze aarzelde even. Toen deed ze de deur verder open. 'Komt u binnen.'
De Cock stapte langs haar heen. De hal van de villa was ruim en hoog. De rechercheur hing zijn oude jas en hoedje aan de kapstok en keek rond. Een kloeke Friese klok met glimmend koperen gewichten vertelde hem dat hij al meer dan vier uur in het vriendelijke Zoetekamp ronddoolde. Hoe ver was hij inmiddels gekomen? Hij trok zijn stropdas recht en grijnsde tegen zijn spiegelbeeld. De sluier die rond het mysterie van de vermoorde

hing, was ondoorzichtiger dan ooit.
De jonge vrouw ging hem voor naar een gezellige zitkamer met een grote, eiken schouw en sombere schilderijen aan de wand. Ze gebaarde uitnodigend naar een brede bank met veel kussens.
'Gaat u zitten.' Ze nam tegenover hem plaats in een fauteuil, netjes, de slanke benen bij elkaar, het rokje tot vlak boven de knieën getrokken. 'U bent kunstschilder?'
De Cock antwoordde niet. Zijn blik gleed onbeschaamd langs haar fraaie enkels omhoog en bleef hangen bij haar donkere, amandelvormige ogen, die vreemd, opwindend contrasteerden met haar lang, lichtblond haar. De oude visser had gelijk: Ilona van Corstanje had een man veel te bieden.
'U bent kunstschilder?' Haar stem klonk voller, had niet meer die scherpe toon van het eerste ogenblik.
De Cock glimlachte. 'Nee, ik ben geen kunstschilder.'
'Handelaar?'
De Cock schudde zijn hoofd. Hij nam de vijfhonderd gulden uit zijn zak en gaf haar die. 'Ik moet de koop jammer genoeg ongedaan maken.'
Ze nam het geld wat onverschillig aan en stond op. De Cock keek haar na toen ze de kamer verliet. Na een paar minuten kwam ze terug en zette het schilderij naast de bank. Haar ogen waren rood. Ze had kennelijk even gehuild.
'U . . . eh . . . u hebt Tjeerd Talema gekend?'
De Cock slikte. 'Nee,' zei hij met enige aarzeling, 'ik heb hem niet gekend. Tenminste, niet in de zin zoals men dat gewoonlijk bedoelt. Ik doe de laatste dagen echter verschrikkelijk mijn best hem beter te leren kennen.'
Ze keek de rechercheur wat verward aan. 'Ik begrijp u niet.'
De Cock krabde zich achter in de nek. Hij wist niet goed hoe haar te benaderen. Men zei in het dorp dat ze zielsveel van Tjeerd Talema had gehouden. Maar was dat haar enige rol? Hoe was haar relatie met de jonge dokter?
'De dood van Tjeerd Talema,' sprak hij weifelend, 'moet u destijds diep hebben getroffen.'
Ze knikte traag, zonder overtuiging. 'Het was een hele schok.'
'Gaat u nog wel eens naar het kerkhof?'
'Nee.'
'Er staat een mooie steen op zijn graf.'
'Ik weet het.'

'Vooral de tekst heeft mij getroffen.'
Ze keek hem aan, argwanend, onderzoekend. 'Hij-die-zelfs-de-dood-heeft-overwonnen.'
De Cock knikte. 'Dat staat er. Het heeft lang geduurd voordat de diepere betekenis tot mij doordrong. Ik begrijp nu wat er wordt bedoeld; sommige doden sterven niet . . . Ze leven voort in onze herinnering.' Hij pakte het schilderij op en hield het haar voor. 'Zag hij er zo uit?'
Ze antwoordde niet direct. Haar onderlip trilde. 'Zo . . . zo oud heb ik hem niet gekend.'
'Maar het is Tjeerd Talema?'
'Ja.'
De Cock wees op het portret. 'Hij was zo te zien een bijzonder fascinerend man. In het dorp wordt gefluisterd dat u van hem hield. Waarom bent u destijds niet met hem getrouwd?'
Ze schoof in haar fauteuil heen en weer. Haar donkere ogen vonkten. 'Wat gaat u dat aan?' riep ze fel.
De Cock streek met zijn pink over de rug van zijn neus. 'Ik . . . ik interesseer me voor zijn dood.'
'Zijn dood?'
De Cock knikte. 'Ik vraag me af hoe Tjeerd Talema drie jaar geleden op 12 februari is gestorven. Ik neem aan dat u aan zijn sterfbed stond?'
Ze kwam langzaam overeind, liep naar de schouw en stak een sigaret op. Vanuit de hoogte keek ze op hem neer. 'U bent van de politie.'
De Cock glimlachte. 'Heel juist. Ik ben van de Amsterdamse recherche.'
'Toen u binnenstapte, vermoedde ik al dat u van de politie was. Voor iemand die iets met kunst uit te staan zou hebben, bent u veel te burgerlijk gekleed.' Ze pakte een asbakje en ging weer tegenover hem zitten. 'Het portret van Tjeerd was een lokmiddel?'
De Cock tuitte zijn lippen. 'Min of meer. Feitelijk wilde ik alleen zeker weten dat wij beiden over dezelfde man spraken.'
Ze keek verwonderd op, een denkrimpel in haar voorhoofd. 'Bent u werkelijk geïnteresseerd in Tjeerds dood?'
'Ja, dat ben ik.'
'Waarom?'
'Om . . . eh . . . omdat hij tweemaal is gestorven.'

'Tweemaal?'
De Cock knikte. 'Eenmaal in Zoetekamp en ruim drie jaar later nog eens in Amsterdam.'
Ze keek hem met verschrikte ogen aan. 'Dat kan niet. Dat kan echt niet. Ik was op zijn begrafenis. Tjeerd ligt hier . . . bij ons kerkje aan de zee. U hebt zelf zijn steen gezien.' Ze sprak snel, gejaagd, struikelend over haar woorden. 'Die uit Amsterdam was Tjeerd niet. Ik bedoel, dat kan Tjeerd niet zijn geweest. Dat was een ander.'
De Cock schudde langzaam het hoofd. 'U stond aan zijn sterfbed?'
'Nee.'
'Men heeft u niet gewaarschuwd?'
Ze drukte haar sigaret in het asbakje uit. 'Ik wist dat Tjeerd in het dorp was teruggekomen. U hebt zelf gemerkt hoe snel de nieuwtjes bij ons rondgaan. Ik wist dat hij bij Douwe . . . dokter Hoekstra logeerde. Ik wist niet dat hij ziek was. Ik heb een paar dagen hier in spanning gewacht tot hij zou komen opdagen. Maar hij kwam niet. Hij liet zich in het geheel niet zien. Nergens.'
'En toen?'
'Plotseling hoorde ik dat Tjeerd dood was.'
'Wie vertelde u dat?'
'Dat weet ik niet meer. Ik denk dat mijn moeder het me vertelde.'
'En toen bent u gaan kijken?'
Ze schudde haar hoofd. 'Douwe vond het niet goed. Hij zei dat het beter voor me was dat ik hem niet zag.'
De Cock fronste zijn wenkbrauwen. 'Waarom niet?'
Ze liet het hoofd iets zakken. 'Douwe had gelijk. Ik had niet zo lang daarvoor een verschrikkelijke tijd doorgemaakt. Ik ben toen heel erg ziek geweest. Het heeft maanden geduurd voordat ik er weer bovenop kwam.'
'Dokter Hoekstra was bang voor een terugval?'
'Ja.'
De Cock keek haar scherp aan. 'Uw ziek-zijn hield dus verband met Tjeerd.'
Ze knikte met een zucht. 'Achteraf vraag ik me wel eens af of ik me niet te veel heb aangesteld. De tijd heelt alle wonden. Ik heb wat afstand kunnen nemen. Toen . . . toen kon ik het niet

verwerken. Het was voor mij of de wereld instortte. Tjeerd en ik waren jeugdvrienden. We speelden als kind al samen. Later ging dat gewoon door . . . op school . . . op de h.b.s. en toen Tjeerd naar de universiteit ging. We hoorden bij elkaar. Voor altijd. Dat zei iedereen . . . en dat was ook zo.'

Ze pauzeerde even, keek naar de rechercheur op en glimlachte. 'Ik ben in jaren niet zo vertrouwelijk geweest. En dat nog wel tegenover een vreemde.'

De Cock grijnsde beminnelijk. 'Ik had als biechtvader carrière kunnen maken.' Hij trok zijn brede gezicht weer in een ernstige plooi. 'Ik neem aan dat Tjeerd het vriendelijke toekomstbeeld wreed verstoorde.'

Ze zuchtte diep. 'Zo mag u het wel noemen. Ik kreeg op zekere dag een brief van hem uit Utrecht, waarin hij me onomwonden schreef dat hij van een ander hield. Hij had, zo schreef hij, nu pas ervaren wat liefde was. De relatie tussen hem en mij was daarbij vergeleken niet veel meer dan een 'stoeipartijtje' onder vrienden.'

De Cock schoof zijn onderlip naar voren. 'Dat was weinig elegant.'

Ze schudde haar hoofd. 'Nee, elegant was het niet. Ik geloof dat mannen in dergelijke situaties nooit de juiste toon kunnen vinden. Hij vroeg begrip, en ik schreef hem dat ik alle begrip van de wereld had en dat ik hoopte dat zijn 'liefde' hem veel geluk mocht brengen.' Ze stak opnieuw een sigaret op. De slanke vingers die naar de aansteker reikten, trilden. 'Ik . . . ik heb hem daarna nooit meer gezien.'

Een tijdlang zwegen beiden.

Rechercheur De Cock pakte het schilderij weer op en zette het op zijn knieën.

'Hoe vindt u het portret?'

'Heel mooi.'

De Cock knikte instemmend. 'U maakte een poosje geleden een opmerking die me bijzonder trof. U zei letterlijk: zo oud heb ik hem niet gekend.'

Ze trok wat nerveus aan haar sigaret. 'Ziet u, die ogen . . . Tjeerd . . . Tjeerd . . .' Ze slikte, worstelde met haar tranen. 'Ik heb Tjeerd nog nooit zo oud zien kijken.'

De Cock zette het schilderij weer naast de bank. 'Wat is er met zijn ''liefde'' gebeurd?'

'Daar is hij mee getrouwd.'
De Cock veerde op. 'Getrouwd?'
'Ja, ongeveer een half jaar voor zijn dood.'
'Waar?'
'In Utrecht, denk ik. Tjeerd werkte daar op een advocatenkantoor.'
'Hoe heette ze?'
Ze haalde haar schouders op. 'Dat weet ik niet. Ik heb haar naam nooit gehoord.'
De Cock keek peinzend langs haar heen. 'Ze was dus niet mee naar Zoetekamp gekomen?'
Ilona van Corstanje schonk de rechercheur een wrange glimlach. 'Nee . . . Tjeerd Talema kwam alleen . . . stierf alleen.' Haar stem klonk bitter. 'De ''liefde'' was zelfs niet op de begrafenis.'

17

Met het schilderij onder zijn arm sjokte De Cock door het vriendelijke Zoetekamp. De meeste mensen op straat groetten hem uiterst beleefd. Hij grinnikte zachtjes voor zich uit. De snelle fluister-nieuwsdienst had hem natuurlijk al lang gesignaleerd.
Hij merkte dat hij de straatjes begon te herkennen. De haven vormde al geen probleem meer. Die wist hij feilloos te vinden. Langs de bakker en een miniatuur van een supermarkt kwam hij dan bij Jauwkien van Trui. Hij hoopte dat de oude visser daar achter zijn dikkop zat. Hij had hem straks nodig als gids. De knaker, de aanstichter van de dorpsroddel, kon wel eens een belangrijke sleutelfiguur zijn. Maar eerst moest hij iets eten. Zijn maag knorde in heftig protest. Sinds zijn vertrek uit Amsterdam had hij niets meer gehad.
Hij keek op zijn horloge. Al kwart over vijf. Het raadhuis was natuurlijk gesloten. Daar kon hij vandaag niet meer terecht. Stom dat hij Vledder niet direct naar familierelaties had laten vragen. Tjeerd Talema was getrouwd. Maar waar was zijn vrouw gebleven? Er zat iets onwaarschijnlijks in die hele ge-

schiedenis, mijmerde hij. Was de grote liefde na een half jaar huwelijk al zo bekoeld, dat de echtgenote het niet eens meer nodig vond de begrafenis van haar man bij te wonen? Of wist ze niet dat haar man was gestorven? Had dokter Hoekstra haar niet ingelicht?

De gelagkamer van 'Het Wapen van Zoetekamp' was bijna geheel verlaten. Alleen de oude visser zat wat verloren achter in een hoek. Hij wees mokkend naar een dubbele dikkop voor hem op het tafeltje.
'Ze heeft je lang vastgehouden. Ik heb deze maar vast op uw lei laten zetten.'
De Cock legde vertrouwelijk een hand op zijn schouder. 'Dat is heel goed, vriend. Zolang ik in Zoetekamp ben, zet je elke dikkop die je drinkt, op mijn lei.'
De oude glunderde. 'Daar kun je plezier aan beleven! Hoe lang blijf je?'
De Cock lachte luid. 'Dat hangt van het onderzoek af. Zeg, was Tjeerd Talema getrouwd?'
De oude schudde het hoofd. 'Niet dat ik weet. Ik heb er ook nooit iets van gehoord. In ieder geval is hij nooit met een vrouw in Zoetekamp geweest.' Hij keek naar de rechercheur op. 'Zegt Ilona dat hij getrouwd was?'
'Ja.'
'Gek, dat is nieuws. Zeker met een of ander juffie uit de stad.'
De Cock knikte. 'Dat denk ik. Hij werkte destijds in Utrecht. Is er na Tjeerds dood nooit iemand naar hem komen informeren?'
'Wie informeert er nou naar een dode?'
'Ik.'
De oude grijnsde. 'Maar u bent van de politie.'
De Cock krabde achter zijn oor. Het was een logica waartegen hij geen verweer had. Hij zakte wat onderuit en strekte zijn vermoeide benen onder het tafeltje.
'Weet je,' zei hij geeuwend, 'ik heb een grenzeloze honger! Ga eens vragen aan Jauwkien of ze iets te eten heeft.'
De oude boog zich naar hem toe. 'Ze heeft verse tong,' zei hij fluisterend, 'gestoofd in de beste boter.' Hij likte langs zijn lippen. 'Met zo'n bleek wijntje erbij . . . Geloof me, jongen, zo krijg je ze nergens.'
De Cock glimlachte.

'Mooi, vraag of ze voor twee personen dekt.'
De oude keek om zich heen. 'Twee personen?' vroeg hij verwonderd.
'Ja,' zei De Cock wat bruusk. 'Ik neem toch aan dat je me niet alleen laat eten?'
De oude wreef vergenoegd in zijn handen. 'Ik ben je man. Wat dacht je? Ik zal een stadsmens eens laten zien hoe een visser aan de tong gaat.'

De oude visser sjokte naast de rechercheur. Het klotsen van zijn klompen echode door de stille straatjes. Zijn gezicht zag rood. De tong en de witte wijn gloeiden zachtjes na.
'Heb je vaak van die onderzoekjes?'
'In Zoetekamp?'
'Ja.'
'Och, als er iemand op een wat vreemde manier om het leven komt . . .'
De oude keek hem van terzijde aan. 'Zal ik je eens vertellen hoe Frerik van Rooie Sijmen stierf?'
De Cock grinnikte. 'Ik heb voorlopig aan één dode genoeg.'
De oude haalde wat nonchalant zijn schouders op. 'Ik bedoel maar . . . ik zou je hier in ons dorp nog wel wat werk kunnen verschaffen.'
Bij een gammele schuur aan het einde van een steeg bleef hij staan. Er scheen een strook licht onder de deur door. Binnen klonk het galmen van een psalm.
De oude stak luisterend een vinger op. 'De knaker,' legde hij uit. 'Kan alleen werken als hij zingt.'
'Hij zingt goed.'
'Hij was vroeger voorzanger in de kerk. Nu hebben we een orgel.' Hij schopte met zijn klomp tegen de deur. Het gezang verstomde. Er klonk wat gestommel. De deur ging op een kier open. In de opening verscheen een oud, nors gezicht.
De visser wees op De Cock. 'Ik ben hier met die man van de politie.'
De knaker nam zijn brilletje af en keek De Cock een paar seconden schattend aan. Het norse verdween.
'Kom d'r in,' zei hij vriendelijk.
De Cock bukte. De deur was niet op zijn lengte berekend. In de schuur was alles keurig op orde. Aan de wand, boven een lange

werkbank, staken zagen, schaven, beitels, gutsen en hamers in rekken. In het midden, vanuit de nok, hing een ouderwetse olielamp. Zij wierp een schril, gelig licht op een fraai bewerkte doodkist die kennelijk haar voltooiing naderde.
De knaker wees op de kist. 'Griet van Lange Meindert is een groot vrouwmens. Eén meter vierentachtig. En dan moet je rekenen dat de tenen nog iets strekken.'
De Cock plooide zijn gezicht in bewondering. 'Het is een bijzonder mooie kist.'
De oude knaker glimlachte gevleid. 'Het is haar laatste huis. Griet is altijd wat pronkziek geweest. Ze zal tevreden over me zijn.'
De Cock pakte een kruk en ging erop zitten. 'Ik was vanmiddag bij de jonge dokter,' begon hij. 'Hij zei dat u in het dorp praatjes over hem rondstrooide.'
De knaker keek de rechercheur over zijn brilletje aan. Zijn kleine oogjes glinsterden. 'Zo, zegt de jonge dokter dat?'
De Cock knikte met overtuiging. 'Hij was helemaal niet over u te spreken. Hij noemde u een oude zuiplap, die gewoon blij was als er weer eens iemand in het dorp was gestorven.'
De knaker klemde zijn kaken op elkaar. Hij wond zich zichtbaar op. De Cock hield het vuurtje warm. 'Hij zegt dat hij u wel eens dronken uit een sterfhuis heeft zien komen.'
De oude brieste. Hij deed een paar stappen in de richting van de rechercheur. 'Weet u waarom hij dat zegt?'
'Nou?'
'Omdat hij de pest aan me heeft.'
'Zo?'
De oude knikte heftig. 'Ik had hem door, ziet u. Toen die jongen van Talema was gestorven, wilde hij me dronken voeren. Neem-er-nog-een-oude-knaker, zei hij steeds, neem-er-nog-een. Nou, ik nam wel. Hij had de fles op tafel. En toen die leeg was, pakte hij een nieuwe.' De man stak zijn hand op en schudde het hoofd. 'Ik zei: hoor eens, dokter, niet meer. Ik moet eerst mijn werk doen.'
'En toen?'
'Nou, toen hebben we Tjeerd van het bed getild en in zijn kist gelegd. De dokter nam hem bij het hoofd, ik bij de benen.' Hij zweeg even, staarde somber naar de grond. 'Ik heb zowat het halve dorp hier in hun kist gelegd, maar daar was er nog nooit

een bij die warme voeten had.'
De mond van De Cock viel open van verbazing. 'Wat?'
'Warme voeten! En toen ik er wat van zei, werd hij woest.'

Ze liepen door het steegje. De gedragen tonen van een psalm galmden uit de schuur: de knaker was duidelijk weer aan zijn werk.
De Cock stootte de visser aan. 'Wist jij dat van die warme voeten?'
'Ja, ik had het al eens gehoord.'
'Waarom heb je het me niet verteld?'
De man haalde zijn schouders op. 'Omdat ik het niet geloof.'
De Cock bleef staan. 'Niet geloof? De knaker is een vroom man.'
'Dat zegt niets. Als ik een liter jenever op heb, lijkt mijn vrouw een meid van achttien.'
'En dat is ze niet?'
De oude kirde. 'Ze is vorige week drieënzeventig geworden.'

'Tjeerd Talema?' De juffrouw achter het loket keek op. 'Daar heeft van de week al iemand over gebeld uit Amsterdam.'
De Cock knikte. 'Dat was mijn collega Vledder.'
Ze trok haar neusje op. 'Die was ook niet vriendelijk door de telefoon! Zonder iets te zeggen brak hij af.'
De Cock glimlachte. 'Ik ben speciaal uit Amsterdam gekomen om u namens de hoofdcommissaris daarvoor onze verontschuldiging aan te bieden. Ziet u, het kwam door de verbazing. We wisten niet dat Tjeerd Talema al zo lang dood was. We dachten eerlijk dat hij een week of zes geleden nog in De Bijenkorf aan de koffie zat.'
'O.'
'Ja, en nu wilden we graag van u weten met wie Tjeerd Talema nog voor zijn dood in het huwelijk trad.'
'Was Tjeerd getrouwd?'
De Cock grijnsde breed. 'Als u even in uw registers duikt . . . O ja, het interesseert ons ook of er na Tjeerds dood iemand om een uittreksel heeft gevraagd.'
'Uit het overlijdensregister?'
'Precies.'
Ze stond op en liep weg.

De Cock ging op de bank van de wachtkamer zitten. Hij wist uit ervaring dat het putten van gegevens uit officiële registers tijd vergde. Hij stak een sigaret op en keek om zich heen. Het interieur was vrij somber. Door de hoge glas-in-loodraampjes viel maar weinig licht.
Plotseling ging de deur van de wachtkamer open. De man in de deuropening staarde de rechercheur verbaasd aan. Het duurde even voor De Cock hem herkende. Zonder de imponerende doktersjas, gewoon in zijn colbertje, zag hij er weinig indrukwekkend uit.
'Dokter Hoekstra, goedemorgen.' De Cock stond op en stak hem zijn hand toe.
De dokter kwam wat aarzelend dichterbij. 'Goedemorgen, rechercheur.'
De Cock glimlachte innemend. 'Dat is toevallig dat we elkaar hier ontmoeten. Komt u weer een sterfgeval aangeven?'
Het klonk wat ironisch.
De jongeman reageerde niet. 'U hebt me gisteren met uw bezoek nogal overrompeld,' zei hij peinzend. 'Ik heb er later nog eens over nagedacht. Wist u dat Tjeerd getrouwd was?'
De Cock schudde het hoofd. 'Dat wist ik niet. Ik hoorde het gisteren van Ilona van Corstanje.'
'Bent u ook bij haar geweest?'
De Cock keek hem spottend aan. 'Wist u dat niet?'
'Nee.'
'Vreemd! Iedereen weet hier anders alles van iedereen.'
Hij gebaarde wat nonchalant voor zich uit. 'Ik ben ook bij de knaker geweest. De lezing die hij van het gebeurde gaf, week nogal af van hetgeen u mij daarover vertelde. Niet hij wenste een bacchanaal, maar ú!'
'U schijnt aan die idiote dorpsroddel veel aandacht te schenken.'
De Cock keek hem doordringend aan. 'Laten we even alle misverstanden wegnemen, dokter Hoekstra,' zei hij scherp. 'Ik onderzoek geen ordinaire dorpsroddel, maar een moord.'
'Moord?'
'Ja! Tjeerd Talema werd vermoord. En moord, dokter Hoekstra, heeft beroepshalve mijn levendige belangstelling.'
De dokter liet zich op de bank neer. Zijn gezicht zag bleek. 'Tjeerd . . . vermoord?'

De Cock keek vanuit de hoogte op hem neer. De jonge dokter was hem niet onsympathiek. Het deed hem pijn hem te kwellen, maar het moest.
'Die moord . . .' zei hij met een zweem van sarcasme, 'die moord kan ú onverschillig zijn. Nietwaar, dokter Hoekstra? Uw vriend Tjeerd stierf drie jaar geleden . . . aan een hartverlamming.'
De dokter stond op. Zonder iets te zeggen wankelde hij naar de deur. De Cock keek hem na. 'Voor geval u me nodig mocht hebben: kamer 9, bureau Warmoesstraat, Amsterdam.'
De juffrouw achter het loket riep iets.
De Cock draaide zich om en slenterde naar haar toe.
'Was dat niet de jonge dokter?' vroeg ze.
'Ja, dat was de jonge dokter.'
'Wat kwam hij doen?'
De Cock grijnsde breed. 'Dat, lief kind, vraag ik hem de volgende keer.'

18

Met twee koppen dampende koffie schuifelde Vledder door de grote recherchekamer van het beroemde politiebureau in de Amsterdamse Warmoesstraat. Voorzichtig schoof hij zijn collega een kop toe. 'Jij bent dus van mening dat Tjeerd Talema drie jaar geleden niet is gestorven?'
De Cock glimlachte. 'Hij is wel gestorven . . . officieel.'
'Niet echt.'
'Nee, niet echt. Alleen voor de wereld, voor de geordende samenleving, was hij dood.'
Vledder schoof onrustig op zijn stoel heen en weer. 'Hoe kon dat?'
'Precies, dat vroeg ik mij ook af; hoe kòn het? Let wel, alles wat ik je nu vertel, is nog theorie. Ik heb voor mijn stelling geen enkel bewijs. Hoogstens heb ik een serie aanwijzingen.'
Hij nam een slok van zijn hete koffie. 'Ik dacht aanvankelijk aan een gewone identiteitsverwisseling. Begrijp je, Dick, ik dacht dat de man die wij uit het water van de Brouwersgracht visten,

om de een of andere nog duistere reden de identiteit van de overleden Tjeerd Talema had aangenomen. Daarom nam ik het schilderij dat Mabel Paddington van haar geliefde schilderde, mee naar Zoetekamp. Toen ik daar aankwam, zette ik het open en bloot in de gelagkamer van 'Het Wapen van Zoetekamp' neer en wachtte op reacties.'
Vledder knikte hem gnuivend toe.
'Min of meer tot mijn verbazing herkenden Jauwkien van Trui en haar klanten het portret onmiddellijk. Dat-is-Tjeerd, zeiden ze. En ze bedoelden de Tjeerd Talema die drie jaar geleden was gestorven.'
De ogen van Vledder glinsterden. 'Van een identiteits- of persoonsverwisseling was dus geen sprake. De man die wij uit het water van de Brouwersgracht visten, en de man die drie jaar geleden in Zoetekamp stierf, waren één en dezelfde persoon.'
De Cock grinnikte. 'Maar dat kon niet. Normaal gesproken sterft niemand voor de tweede maal. Hoe ik ook peinsde, er bleef slechts één redelijke oplossing: Tjeerd Talema stierf drie jaar geleden niet werkelijk.'
Hij krabde zich in de nek. 'Geloof me, die witmarmeren steen op het kerkhof van Zoetekamp zag er heel indrukwekkend uit. Maar de tekst gaf me al te denken. Op de steen stond: Hij die zelfs de dood heeft overwonnen.
Nu kan men Zoetekamp met enig recht een bolwerk van calvinisme noemen. Een dergelijke graftekst was dus niet vreemd. Het kon een verwijzing inhouden naar Christus' opstanding en de daaraan gekoppelde belofte van een eeuwig leven. Een overwinning dus op de dood. De oude visser die me rondleidde, vond het dan ook een mooie tekst. Maar hij zei erbij dat hij was uitgedacht door de jonge dokter, die als atheïst te boek stond.'
Vledder grijnsde. 'De Zoetekampers konden die tekst op hun wijze lezen, maar de formulering was voor tweeërlei uitleg vatbaar.'
De Cock knikte. 'De jonge dokter speelt in deze hele affaire toch een vrij dubieuze rol.'
'Hoezo?'
'Niet alleen verzorgde hij de begrafenis, de steen en de fraaie tekst; Tjeerd Talema zou ook in zijn huis zijn gestorven. En-hij-liet-niemand-bij-de-dode-toe.'
'Hoe bedoel je?'

'Zelfs Ilona van Corstanje, een jeugdvriendin, een vrouw die zielsveel van Tjeerd Talema had gehouden, mocht de dode niet zien, hoewel ze dit uitdrukkelijk verlangde. De dokter achtte het fnuikend voor haar gezondheid.'
Vledder fronste zijn wenkbrauwen. 'Heeft niemand de dode gezien?'
'Alleen de knaker.'
'Wie is dat?'
De Cock glimlachte. 'Een vriendelijke, oude timmerman die onder luid psalmgezang fraaie doodkisten timmert en volgens traditie alle doden van het dorp kist. Het schijnt in Zoetekamp gewoonte dat de man daarbij een stevig borreltje wordt aangeboden.' De Cock zuchtte. 'En nu komt het! De jonge dokter zegt dat hij bij de dood van Tjeerd met de gewoonte had willen breken. Hij had de oude het borreltje geweigerd. Maar toen ik de knaker daarover sprak, was hij hoogst verbolgen. Hij zei dat het juist de dokter was die had geprobeerd hem dronken te voeren. Eerst toen de fles leeg was, hadden ze Tjeerd in zijn kist gelegd.'
'De dooie Tjeerd?' vroeg Vledder gespannen.
'Dat is nu juist de moeilijkheid. De dokter en de knaker kregen ruzie.'
'Ruzie? Waarover?'
De Cock grinnikte. 'De knaker beweerde . . . let wel, na een liter jonge jenever . . . dat de dooie Tjeerd nog warme voeten had.'
'Warme voeten?' Vledder barstte in lachen uit. 'En toen?'
'De dokter werd woest en joeg die oude het huis uit. Sindsdien roddelt de een over de ander.'
Vledder trok een ernstig gezicht. 'Toch geven die warme voeten te denken. Als jouw theorie klopt met de feiten, dan was de waarneming van die knaker...ondanks de liter jenever... volkomen juist! Tjeerd Talema was niet dood. Hij 'speelde' de rol van dode.'
'En had daarbij de temperatuur van zijn voeten niet onder controle,' snoof De Cock.
Vledder lachte. 'Ik kan me indenken dat die dokter woest werd. Hij zag zijn hele plannetje in duigen vallen.'
De Cock beet op zijn onderlip. 'Dat is juist wat mij bezighoudt.'
'Wat?'

'Dat plannetje. Ik bedoel: wat had het voor zin om Tjeerd Talema officieel te laten sterven? Bedenk wel wat beide mannen riskeerden! Vooral voor de dokter was de prijs bijzonder hoog. Met het uitschrijven van een valse overlijdensverklaring riskeerde hij in aanraking te komen niet alleen met de rechter, maar tevens met het medisch tuchtcollege. Ik ben er haast van overtuigd dat hem de bevoegdheid tot het uitoefenen van de geneeskunde zal worden ontnomen.'
'Denk je?'
De Cock knikte. 'Vrijwel zeker. Een geordende maatschappij kan een dokter die valse overlijdensverklaringen uitschrijft, moeilijk dulden. De betrouwbaarheid van de arts is een hoeksteen van onze samenleving.'
Vledder keek hem wat spottend aan. 'Dat heb je mooi gezegd.'
De Cock knikte. Zijn gezicht stond ernstig. 'Ik meen het. Het zou een mooie janboel worden als iedere dokter naar believen die dingen ging uitschrijven.'
'Is hij een kundig arts?'
'Dat kan ik moeilijk beoordelen. Ondanks de intensieve dorpsroddel schijnt een groot aantal patiënten hem trouw te zijn gebleven.'
Vledder keek zijn oudere collega onderzoekend aan. Hij had in diens stem een vreemde ondertoon beluisterd. 'Ga je het hem bewijzen?'
De Cock streek met zijn hand over zijn grijze haren. 'Je stelt me een gewetensvraag. Als ik de Officier van Justitie op de hoogte breng van de aanwijzingen die ik heb, dan zal hij zeker gelasten de kist van Tjeerd Talema in Zoetekamp op te graven. En dan kom je ongetwijfeld tot een afdoend bewijs.'
'Wat denk je in die kist te vinden?'
'Een zak zand of iets dergelijks.'
Vledder schoof zijn stoel vertrouwelijk dichterbij. 'Zeg . . . je voelt er niet veel voor, hè?'
De Cock glimlachte. 'Waarvoor?'
'Opgraven . . . en die dokter arresteren.'
De Cock kwam achter zijn bureau vandaan en begon door de recherchekamer te stappen. 'We weten nog zo weinig van de motieven . . . van het waarom van de maskerade. Tjeerd Talema en Douwe Hoekstra waren vrienden en ik kreeg de stellige indruk dat die vriendschap voor de jonge dokter van grote

betekenis was. Toen ik hem vertelde dat Tjeerd Talema was vermoord, leek hij me diep geschokt. Ik ben er ook vrijwel van overtuigd dat de onafgemaakte brief die Zwarte Sylvie had bewaard, voor hem was bestemd.'

Vledder keek verbaasd op. 'Maar dan kent hij ook het motief van de moord.'

'Waarom?'

'Uit de inhoud blijkt duidelijk dat degene voor wie de brief bestemd was, van alles op de hoogte was.'

De Cock schudde zijn hoofd. 'Ik geloof dat je een denkfout maakt. De man voor wie de brief was bestemd, kende de plannen van Tjeerd. In zoverre was hij van alles op de hoogte. Maar we kunnen gevoeglijk aannemen dat in Tjeerds plannen niet zijn eigen moord was opgenomen. Dat is dwaas. Die moord was niet voorzien. Daarom is ook niet aan te nemen dat de dokter het motief kent.'

Vledder klemde zijn lippen op elkaar. 'Toch ben ik ervan overtuigd,' zei hij wat geprikkeld, 'dat het motief voor de moord op Tjeerd Talema verband houdt met de plannen die hij had.' Hij greep in de la van zijn bureau. 'Terwijl jij in Zoetekamp zat, heb ik alles nog eens doorgenomen, speciaal die brief.'

Hij wenkte De Cock naderbij te komen. 'Laten we de tekst samen nog eens bekijken. Tjeerd Talema schreef aan zijn vriend: ik ben aan het einde van mijn odyssee. Ik heb haar gevonden. Zijn odyssee . . . zijn zwerftocht, hield dus verband met het zoeken naar háár. Nu hij haar gevonden had, was hij aan het einde van zijn zwerftocht. Simpel, nietwaar?'

De Cock knikte gelaten. 'Heel simpel.'

'De volgende zin is: je weet wat dat betekent. Hij had dus plannen . . . Plannen die duidelijk betrekking hadden op de vrouw die hij zocht. Plannen ook waarvan de vriend wist wat ze inhielden.'

'Juist.'

'Dan schrijft hij verder: het vreemde is dat ik noch blij, noch verbitterd ben. Mijn hart is leeg. In dit verband herinner ik je aan een opmerking van die oude logementsgast, oom Lodewijk, die van Tjeerd Talema zei: hij maakte de indruk diep ontgoocheld te zijn.

Wanneer je dat alles samenvoegt, ontstaat het beeld van een

aanvankelijk verbitterd en teleurgesteld man die fanatiek op zoek is naar een vrouw, maar die - wanneer hij haar na een lange zwerftocht heeft gevonden - zijn verbittering voelt wegzakken en zich dan afvraagt of alles nog wel zin heeft.'
'Een mooie analyse.'
'Een analyse met drie vragen tot slot. Vanwaar die aanvankelijke teleurstelling en verbittering? Wie was de vrouw die hij zocht . . . en gevonden had? En wat had hij met haar voor? Als die onafgemaakte brief inderdaad voor die dokter bestemd was, moet hij die vragen kunnen beantwoorden.'
De Cock grijnsde zijn collega vriendelijk toe. 'Daar heb ik de dokter niet voor nodig.'
'O nee?'
De Cock schudde zijn hoofd. 'Op die laatste twee vragen kan ik je het antwoord zó geven. De vrouw die hij zocht, was Alida van Soomeren, en zijn plan met haar . . . moord!'

19

Vledder keek hem verbijsterd aan. 'Waar heb je dat vandaan?'
De Cock grijnsde. 'Het is helemaal niet zo mysterieus als jij denkt. In Zoetekamp hoorde ik van Ilona van Corstanje dat Tjeerd Talema ongeveer een half jaar voor zijn 'officiële' dood in het huwelijk trad. Hij schreef Ilona dat hij zijn grote liefde had gevonden en vroeg begrip. Ze schreef hem terug dat zij alle begrip van de wereld had en werd prompt ziek van verdriet.'
'Arm kind.'
'Ja. Later hoorde ze dat Tjeerd met zijn grote liefde was getrouwd. Het vreemde is nu dat buiten Ilona . . . en de jonge dokter . . . niemand in Zoetekamp ooit iets van die wettige vrouw van Tjeerd Talema heeft vernomen. Niemand kent haar of heeft haar gezien. Ze was zelfs niet op de officiële begrafenis.'
De Cock pauzeerde. 'Schenk nog eens een kop koffie in.'
Vledder schudde resoluut het hoofd. 'Ik moet eerst meer weten.'
De Cock grinnikte. 'Goed! Ik ging naar het raadhuis van Zoete-

kamp voor informaties. Het meisje achter het loket had gelukkig veel geduld met me. Ik had nogal wat te vragen. Het bleek dat Tjeerd Talema inderdaad een half jaartje voor zijn 'officiële' dood was getrouwd, en wel met een Belgische juffer . . . ene Alida van Soomeren.'
'Waar werd het huwelijk gesloten?'
'In Utrecht.'
Vledder staarde peinzend voor zich uit. 'Alida van Soomeren . . . De naam zegt me niets.'
'Mij ook niet. We zijn in ons hele onderzoek geen Alida van Soomeren tegengekomen.'
Vledder keek zijn collega schuins aan. 'Maar jij zei dat zij de vrouw was die Tjeerd Talema zocht . . . en gevonden had?'
De Cock knikte traag. 'Dat heb ik gezegd.'
Vledder slikte. 'Je zei ook dat Tjeerd het plan had haar te vermoorden.'
'Inderdaad, ook dat heb ik gezegd.'
Vledder vervolgde ongeduldig: 'Nou . . . vooruit.'
'Eerst koffie.'
Vledder stond op, greep wat wild de beide koppen van het bureau en stapte naar de pruttelende koffiepot op het komfoortje. Hij schonk in, mikte drie suikerklontjes in de koffie en schoof De Cock de kop toe. 'Dit is chantage, weet je?'
De grijze speurder schudde lachend het hoofd. 'Geen chantage,' zei hij grijnzend, 'zo iets doe je, gewoon, uit eerbied voor een oudere collega.'
Vledder bromde iets onverstaanbaars.
De Cock strekte zijn arm naar hem uit. 'Bovendien had je met enig nadenken de antwoorden zelf kunnen vinden.'
'Hoezo?'
'Ga maar na: Tjeerd Talema sprak in zijn brief aan Ilona van Corstanje over 'de grote liefde' die hij had gevonden. Maar als Tjeerd een half jaartje later sterft, vindt 'de grote liefde' het niet eens meer nodig de begrafenis van haar man bij te wonen.'
'Misschien wist ze niet dat hij dood was.'
De Cock klemde zijn lippen op elkaar. 'Dat wist ze wel,' zei hij scherp. 'Dat wist ze verrekte goed, want nog geen maand na Tjeerds dood vraagt ze in Zoetekamp schriftelijk een officieel uittreksel uit het overlijdensregister. Het moet worden gezonden naar 'Hotel International' in Zürich.'

'Zürich?'
'Ja. Ik heb al met de politie in Zürich gebeld. Ze konden me niet veel meer vertellen dan dat ze enige dagen in dat hotel had gelogeerd. Ze stond daar ingeschreven als Alida van Soomeren, Nederlandse, weduwe van T. Talema.'
Vledder peinsde diep. Het was te zien aan de starende uitdrukking in zijn ogen. 'Ik begrijp het,' riep hij na enige tijd verheugd. 'Volgens jouw gedachte kwam Alida van Soomeren niet met haar man mee naar Zoetekamp en verscheen ze ook niet op de begrafenis . . . omdat ze vooruit wist wat er zou gaan gebeuren.'
De Cock knikte zijn jonge collega bemoedigend toe. 'Heel goed, Dick. Ze wist kennelijk dat Tjeerd Talema in Zoetekamp alleen maar officieel ging sterven.'
Vledder gniffelde. 'En voelde er weinig voor om aan de groeve van een zak zand te staan.'
De Cock krabde achter zijn linkeroor. 'Ik geloof eerder dat Alida van Soomeren het voor zichzelf veiliger achtte om de kring van mensen die haar als de vrouw van Tjeerd Talema kende, zo klein mogelijk te houden.'
Vledder zei: 'Maar dit alles verklaart nog niet waarom 'de-uit-de-dood-herrezen' Tjeerd Talema haar later zou willen vermoorden.'
De Cock schudde het hoofd. 'Ik heb ook niet gezegd dat ik het 'waarom' kende. Ik heb alleen gezegd dat hij haar naar het leven stond . . . althans de mogelijkheid van moord serieus overwoog. Ik breng je even de kreet in herinnering die Zwarte Sylvie van Tjeerd opving: kan iemand die dood is, een moord plegen? Jij vond het toen een onzinnige vraag. Maar bekijken we de vraag eens in het licht van hetgeen we nu weten, dan is hij zo onzinnig niet meer. Tjeerd bedoelde zichzelf. Hij vroeg zich af of hij, als officiële dode, juridisch gezien gestraft kon worden voor moord. Bedenk wel: Tjeerd Talema had rechten gestudeerd.'
Vledder knikte begrijpend. 'Hij hield er blijkbaar rekening mee voor 'moord' te worden gearresteerd, en bepeinsde of hij - in zijn uitzonderlijke positie van gestorven man - ook kon worden berecht.'
De Cock ademde diep. 'Een juridische puzzel, inderdaad. Maar de gedachte aan moord lag centraal. Blijft over de vraag: wie

was het voorwerp van Tjeerds moordlust?' De Cock pauzeerde even en nam een slok van zijn koffie.
'Het antwoord daarop is niet moeilijk. In wat wij 'Het Spel van Zoetekamp' zouden kunnen noemen, speelden slechts drie personen een hoofdrol. Daar was Tjeerd, de dode. Dokter Hoekstra, de arts die hem liet sterven. En Alida van Soomeren, de vrouw die een officieel uittreksel uit het overlijdensregister nodig had. We weten uit de onafgemaakte brief dat Tjeerd ten aanzien van dokter Hoekstra geen haatgevoelens koesterde. Hij schreef hem als vriend en berichtte dat hij haar had gevonden . . . Alida van Soomeren, zijn grote liefde, maar tevens de vrouw die hem had verbitterd en ontgoocheld.'
Toen De Cock was uitgesproken, zwegen beiden. De stilte hing als een wolk van gedachten tussen de beide mannen. Het was alsof Tjeerd Talema opnieuw werd geconfronteerd met de vraag: heeft het zin?
Wat was zijn uiteindelijk antwoord? Wat deed hij op de late avond van de veertiende maart? Ging hij in inbrekerstenue op pad om de vrouw te doden die hem had ontgoocheld, of . . .?
Vledder was de eerste die de stilte verbrak. 'Ik heb,' zei hij, wat aarzelend, 'Mabel Paddington nog niet gevonden.'
'En Robert d'Hovenier?'
Vledder snoof verachtelijk. 'Die is dronken.'
De Cock trok zijn wenkbrauwen op. 'Dronken?'
Vledder knikte. 'Twaalf uur van de dag. De andere twaalf uur slaapt hij zijn roes uit. Heb je hem nodig?'
'Misschien.'
'Je kunt hem elke dag vinden in dat kleine kroegje aan het Singel, bij de Torensluis.'
'Hoe lang duurt dat al?'
'Die dronkenschap?'
'Ja.'
'Vanaf het moment dat jij hem voor het laatst onder handen hebt genomen.'
'Heb je nog persoonlijk contact met hem gehad?'
'Dat laat ik liever aan jou over.'
'En de rest van de familie?'
Vledder glimlachte. 'Oom Charles klaagt steen en been. Hij verwijt de journalisten dat ze zijn goede naam in opspraak hebben gebracht. Zijn vrouw zegt dat het zijn eigen schuld is.

Hij had nooit die Mabel Paddington in huis moeten nemen. Met haar is alles begonnen.'
De Cock keek hem onderzoekend aan. 'Hoe kom je aan die wijsheid?'
Vledder knipoogde. 'Ik heb nog regelmatig contact met dat hippe hulpje van de familie.'
'O.'
'Ja, het is een lief en mededeelzaam meisje. Ze houdt me van alles op de hoogte.'
De Cock krabde zich achter het oor. 'Uit jou, Dick Vledder,' zei hij gladjes, 'groeit nog eens een groot rechercheur.'
Het klonk bijzonder laconiek.
Het gezicht van Vledder kleurde rood. Hij wist niet goed hoe hij deze 'lof' moest verwerken. 'Ik heb, toen jij weg was, echt niet stilgezeten,' zei hij wat verongelijkt. 'Ik bedoel, ik heb me niet alleen met dat hippie beziggehouden. Ik heb ook alles gedaan om Mabel Paddington te vinden. Al haar vrienden en vriendinnen van de academie heb ik nagevraagd. Niemand kon of wilde me vertellen waar ze was.'
'Misschien is ze teruggegaan naar Engeland.'
Vledder schudde het hoofd. 'Dat heb ik laten nagaan. In Engeland is ze niet. Tenminste niet bij haar ouders. Bovendien ligt haar paspoort nog bij de familie d'Hovenier.'
De Cock knikte. 'We kunnen dus gevoeglijk aannemen dat ze nog ergens hier in Amsterdam rondhangt. Het is zaak dat we haar vinden, en liefst zo snel mogelijk. Ik heb haar verdwijnen aanvankelijk niet zo ernstig opgevat, maar ik begin me nu toch wel ongerust te maken.'
Vledder keek hem wat verward aan. 'Denk je dat zij . . .'
'Wat?'
'Dat zij Tjeerd Talema heeft vermoord?'
De Cock antwoordde niet direct. 'Weet je, Dick,' zei hij aarzelend, 'die Mabel Paddington heeft me van het begin af aan voor raadsels geplaatst. Ze kwam nog dezelfde dag waarop wij de dode uit de gracht haalden, naar het politiebureau, met het schilderij van Tjeerd Talema onder haar arm. Ze vroeg liefjes: behandelt-u-de-zaak-van-de-drenkeling? Toen ik dat bevestigde, zei ze: ik-kan-u-inlichtingen-verschaffen; ik-heb-een-tijdje-scharrel-met-hem-gehad. Dat was nogal vreemd. Want hoe wist zij vooruit, zonder enige verdere informatie, dat de drenkeling

haar vriend was, de man wiens portret zij onder haar arm droeg? Er had weliswaar een signalement van de dode in de krant gestaan, maar Mabel Paddington had op het moment dat zij bij mij kwam, feitelijk nog geen enkele aanleiding te veronderstellen dat de dode man haar vriend was. Ze had in alle redelijkheid nog geen tijd gehad om hem te missen.'

'Hoe bedoel je?'

'Wanneer haar vriend geruime tijd niet was komen opdagen en ze had dan op het kranteberícht over de drenkeling gereageerd, dan was haar gedrag alleszins begrijpelijk geweest. Maar ze had haar Marcel een dag tevoren nog gesproken. Heel gezellig. En er was niets dat op een naderend onheil wees.'

Vledder trok een ernstig gezicht. 'Zo bezien was het inderdaad vreemd dat ze onmiddellijk op het bericht over de drenkeling reageerde.'

De Cock knikte. 'Maar wat mij het meest verbaasde, was haar reactie op mijn mededeling dat haar vriend was vermoord . . . Ze had de moordenaar onmiddellijk pasklaar bij de hand.'

'Robert d'Hovenier.'

'Ja, compleet met motief. En toen wij niet snel genoeg op haar aanwijzingen ingingen, voerde ze een paar dagen later in de aula die vertoning op.'

Vledder trok rimpels in zijn voorhoofd. 'Zou ze er echt van overtuigd zijn dat Robert d'Hovenier de moord pleegde?'

De Cock maakte een achteloos gebaar. 'Er zijn twee mogelijkheden. Of ze heeft van het begin af aan bewust geprobeerd ons onderzoek in een verkeerde richting te sturen, òf ze heeft iets gezien of gehoord dat haar direct de zekerheid heeft gegeven dat neef Robert de dader is.'

Vledder stak een vinger omhoog. 'En dat ze iets weet bewijst dat schilderij van de vermoorde, met de dodelijke wond op de juiste plaats.'

De Cock kwam langzaam uit zijn stoel overeind. Hij keek op zijn horloge. Het was ruim een half uur voor middernacht. Op zijn gemak slenterde hij naar de kapstok en zette zijn hoedje op.

Vledder kwam bij hem staan. 'Ga je op pad?'

'Ja.'

'Waarheen?'

'Naar het Singel bij de Torensluis. Als tegen sluitingstijd Robert d'Hovenier uit die kroeg komt, arresteer ik hem.'

Vledder staarde hem verbaasd aan. 'Arresteren?'
'Ja.'
'Voor moord?'
De Cock schoof zijn oude hoedje naar voren. Zijn gezicht was een grote, brede grijns. 'Voor openbare dronkenschap.'

20

'Je ziet er belazerd uit.'
Robert d'Hovenier keek de grijze speurder aan, grijnzend, half spottend. 'Had u iets anders verwacht?'
De Cock haalde achteloos zijn schouders op. 'Het is triest wanneer je een man zijn zelfrespect ziet verliezen.'
Robert d'Hovenier snoof. 'Bent u wel eens beschuldigd? Beschuldigd van moord, door het enige meisje van wie je houdt? Dat is triest! En het wordt nog triester wanneer je achteraf merkt . . .' Hij maakte zijn zin niet af, keek wat lodderig omhoog. 'Ben ik gearresteerd?'
'Een half uurtje geleden,' antwoordde De Cock effen.
'Voor moord?'
De rechercheur krulde zijn lippen tot een glimlach. 'Kan dat dan?' vroeg hij ontwijkend. 'Kan ik jou voor moord arresteren? Ik meen dat je tot nu toe steeds hebt beweerd dat je met de dood van Marcel niets te maken had?'
Robert d'Hovenier kwam half van zijn stoel overeind en boog zich naar De Cock. 'Ik weet het,' riep hij fel. 'Ik weet dat ik er niets mee te maken heb.' Hij sloeg met zijn vuist krachtig op zijn borst. 'Ik weet het hier van binnen. Maar wie weet het nog meer?' Hij bracht zijn handen voor zijn gezicht. 'Mijn God, als het lang duurt, ga ik zelf nog geloven dat ik het heb gedaan.' Hij zakte terug op zijn stoel en wreef met de rug van zijn hand langs zijn droge lippen. 'Mag ik een glaasje water?'
De Cock slenterde naar het fonteintje en schonk een glas water in. Via de wandspiegel keek hij naar zijn arrestant. In zijn hart kroop medelijden. Deze jongen was tegen de zware spanningen niet opgewassen! Hij draaide zich om en zette het glas voor hem neer.

'Ik had je graag een biertje aangeboden, maar dat heb ik niet.' Robert glimlachte zwakjes. 'Ik heb de laatste dagen heel wat mensen gesproken, rechercheur. Tientallen. Je staat er eenvoudig versteld van hoeveel mensen je met een borrel aan het praten krijgt. Hoe meer borrels, hoe meer ze praten. En weet je wat ze zeggen?'
'Nou?'
'Ze zeggen, De Cock, dat jij een verrekt schrandere kerel bent . . . dat je vroeg of laat de moordenaar van die vent toch te pakken krijgt. Zie je, daarom is het misschien goed dat ik nu open kaart speel.' Hij trok zijn stropdas los en streek met zijn hand langs zijn boordje. 'Ik heb nagedacht, De Cock. Ik heb zo lang nagedacht, dat ik er ziek van werd.'
'En?'
Robert d'Hovenier bracht zijn wijsvinger naar zijn neus. 'Nu moet u goed luisteren. Mabel zegt dat ik Marcel heb vermoord.'
'Dat zegt ze.'
'Juist! En Mabel is niet gek. Ik bedoel, ze is geen meisje dat zomaar wat zegt.'
'Dat neem ik niet aan.'
De jongeman gebaarde wat onzeker in de ruimte. 'Haar conclusie moet ergens op steunen, nietwaar? Ze moet iets hebben gehoord of gezien.'
De Cock keek hem strak aan. 'Voor een man met een hoop drank in zijn lijf ben je opmerkelijk helder.'
Robert d'Hovenier tikte tegen de zijkant van zijn hoofd. 'Vergis u niet,' zei hij grijnzend. 'Ik weet wat ik zeg. Denk niet dat ik openhartig ben om u te plezieren. Ik voel er alleen weinig voor de dupe te worden van de een of andere louche zaak.'
De Cock trok zijn wenkbrauwen op. 'Louche zaak?'
Robert d'Hovenier grinnikte. 'Die Marcel is toch niet voor niets vermoord? Ik bedoel, je slaat toch niet iemand zijn hersens in alleen omdat zijn gezicht je niet aanstaat? De man die Marcel vermoordde, wist heel goed wat hij deed.'
'De man?'

Robert d'Hovenier keek verrast op. 'U luistert inderdaad goed,' zei hij bewonderend. 'Ik zei man . . . en ik bedoel man.' Hij pakte zijn glas en dronk het half leeg. 'Dat gekke portret dat Mabel van de dode Marcel schilderde . . . dat was goed, dat

was zelfs zo goed dat u er kapot van was.' Hij knikte de rechercheur grinnikend toe. 'U kunt dat moeilijk ontkennen. U was er kapot van en trok onmiddellijk uw conclusie . . . eenzelfde conclusie als waartoe ik een paar dagen later kwam: Mabel Paddington kon de dode Marcel zo trefzeker schilderen omdat ze hem ook dood had gezien.'
De Cock streek met zijn hand over zijn grijze haren. 'Het lijkt me een juiste conclusie,' zei hij.
Robert d'Hovenier nam zijn vreemde brilletje af en wreef met een slip van zijn overhemd de glazen schoon. 'U wéét,' zei hij bedaard, 'dat de conclusie juist is. Mabel Paddington zag de vermoorde Marcel . . . èn ze zag zijn moordenaar.'
'Wat?'
'Ze zag zijn moordenaar,' herhaalde Robert d'Hovenier uiterst rustig, 'en vergiste zich in de persoon. Ze dacht dat ze mij zag, maar ze zag de enige man die in de verte wel wat op mij lijkt . . . oom Charles.'

'Heb je hem weggebracht?'
Vledder trok wat wild zijn jas uit. 'Ik heb hem op de Keizersgracht uit de wagen gesjord. Ik heb met zijn sleutel de buitendeur opengemaakt en ik heb hem zelfs de trap op gebracht naar zijn kamer.'
'Mooi.'
Vledder snoof. 'Ik leek wel een bediende in vaste dienst.'
'Dat is niets bijzonders,' zei De Cock, breed grijnzend. 'Je hebt als politieman nu eenmaal een dienende taak. Het was bovendien niet meer dan een staaltje van onze plicht dat we die Robert thuisbrachten. Je kunt een man die je voor dronkenschap hebt opgepakt, niet weer een uurtje later zonder meer de straat op schoppen. Dat is gewoon onbehoorlijk.'
Vledder bromde: 'Zo dronken was hij niet. Ik vond dat hij vanavond heel verstandige dingen zei. Ik heb me altijd al afgevraagd hoe Mabel Paddington ertoe kwam om Robert d'Hovenier van moord te beschuldigen. De verklaring die hij daarvoor gaf, lijkt me heel plausibel. Ik vind dat we oom Charles eens nader aan de tand moesten voelen.'
De Cock stond van zijn stoel op. 'Je moet natuurlijk wel bedenken dat Roberts gedachte dat de moord verband zou houden met de financiële manipulaties van zijn oom, maar een slag in de

lucht is. Charles d'Hovenier is een beursman.'
'Jij gelooft er dus niet in?'
'Het is heel goed mogelijk dat oom Charles Tjeerd Talema vermoordde. En het is zelfs mogelijk dat Mabel Paddington daarvan op een afstand getuige is geweest, al begrijp ik nog niet hoe. Maar geloof me, onze Tjeerd Talema werd niet vermoord omwille van oom Charles' financiële manipulaties. Hij werd vermoord om hetgeen in Zoetekamp gebeurde.'
Vledder keek naar hem op. 'Maar wat heeft de familie d'Hovenier met Zoetekamp te maken?'
De grijze speurder wreef met duim en wijsvinger in de ooghoeken. Het was een duidelijk teken van vermoeidheid. 'Dat is een heel goede vraag,' zei hij loom. 'Daar moet je maar eens een nachtje over slapen.' Hij wees naar de klok in de recherchekamer. 'Het is al twee uur. Leg morgen maar beslag op rechercheur Van Dijk. Probeer met zijn tweeën achter de verblijfplaats van Mabel Paddington te komen. Ze moet toch ergens te vinden zijn! Het wordt waarachtig tijd dat ze ons eindelijk eens vertelt wat ze heeft gezien.'
'En jij?'
'Ik ga naar Utrecht.'
'Wat moet je daar doen?'
'Tjeerd Talema trouwde daar met ene Alida van Soomeren, herinner je je nog?'
'Dat kun je ook telefonisch bevestigd krijgen.'
De Cock schudde het hoofd. 'Het gaat me niet om de bevestiging. Die heb ik al. Ze trouwden op zestien september. Ik heb een kopie van de trouwakte aangevraagd.'
'Wat moet je dán?'
'Ilona van Corstanje uit Zoetekamp schreef haar Tjeerd in Utrecht brieven . . .'
Het gezicht van Vledder verhelderde. 'En het adres waaraan ze haar brieven zond, heb je van haar gekregen.'
De Cock knikte met een grijns. 'Zo is het. En ik hoop,' zei hij met lichte spot, 'dat er nog mensen zijn die het prille geluk van de jonggehuwden van nabij hebben gadegeslagen.'

Zijn hoedje nonchalant achter op het hoofd, de handen diep in de zakken van zijn regenjas, slenterde De Cock op zijn gemak vanuit de Warmoesstraat door de Oudebrugsteeg. Hij had het

aanbod van de jonge Vledder om hem met de dienstauto thuis te brengen afgeslagen. Hij ging te voet. De ervaring had hem geleerd dat hij wandelend zijn gedachten het best kon ordenen. En dat was nodig.
Het was ongeveer een week geleden dat ze de drenkeling uit het water van de gracht hadden gevist. Sindsdien was er veel gebeurd. Het slopende onderzoek naar de identiteit van de man had veel tijd gevergd en de achtergronden vertroebeld. Ondanks dat had hij het gevoel dat de zaak van de ontgoochelde dode zijn einde naderde. Als hij morgen in Utrecht . . .
Plotseling had hij het gevoel dat iemand hem volgde. Zonder zijn tred te veranderen, stapte hij door en stak het Damrak over richting Nieuwendijk. Intens luisterde hij naar de voetstappen. Ze waren niet ver van hem verwijderd. In de Kolksteeg versnelde hij zijn pas. Hij kende in de omgeving elke steeg, elk portiek, elke deur. Bij het oude korenmetershuisje sloeg hij rechtsaf en sprintte om het gebouwtje als in zijn beste jaren. Bij de voorlaatste hoek bleef hij hijgend staan. In de Kolksteeg schoof een man onder de hanglamp door. Hij herkende hem onmiddellijk. Voorzichtig ging hij achter hem aan. Midden op het pleintje van de Nieuwezijds Kolk bleef de man staan en keek verward om zich heen. De Cock liep langzaam op hem toe, zijn gezicht geplooid in een brede glimlach. 'Goedenavond, dokter Hoekstra.'

21

'U was plotseling verdwenen.'
De Cock grinnikte. 'U moet ook geen rechercheurs achtervolgen.'
Hoekstra trok een ernstig gezicht. 'Ik wilde u spreken. Ik had u thuis willen opzoeken, maar ik wist uw adres niet. Aan de wachtcommandant in de Warmoesstraat heb ik toen gevraagd waar ik u kon bereiken. Hij zei dat u nog steeds op het bureau was.'
'Waarom bent u toen niet naar de recherchekamer gekomen?'
De jonge dokter glimlachte wat verlegen. 'Ik heb buiten gewacht. Ik wilde u niet in het politiebureau ontmoeten. Ik wilde u

spreken als mens . . . niet als rechercheur.'
De Cock keek hem strak aan. 'Ik ben mens . . . en rechercheur.'
Hoekstra zuchtte. 'Het was niet mijn bedoeling u te kwetsen. Het is een gevoelskwestie. Wanneer ik u in het politiebureau had opgezocht, dan had mijn bezoek - zo voel ik dat - een officieel tintje gekregen. En juist dat officiële wilde ik vermijden.'
De Cock knikte begrijpend. 'U wilt een informeel gesprekje.'
'Zoiets, ja.'
'Laten we vast in de richting van mijn huis lopen. Zoveel nachtrust is mij niet gegund.'
Ze staken schuin de Nieuwezijds Voorburgwal over en sloegen rechtsaf de Korte Lijnbaanssteeg in. De Cock keek zo nu en dan opzij. Hoekstra keek strak voor zich uit en trok nerveus aan zijn sigaret. Hij wist kennelijk niet goed hoe te beginnen.
'Wanneer denkt u de zaak af te sluiten?'
'Als ik de moordenaar van Tjeerd heb gearresteerd.'
'Kan dat nog lang duren?'
De Cock schudde langzaam het hoofd. 'Het is een kwestie van bewijs.'
'En dat hebt u niet?'
'Nog niet voldoende.'
'U kent de achtergronden?'
De Cock glimlachte. 'Ik weet wat er in Zoetekamp is gebeurd. Wanneer ik de Officier van Justitie inlicht, zal hij zeker het zogenaamde graf van Tjeerd Talema laten openen.'
'En dat betekent?'
'Uw arrestatie.'
'U heeft de Justitie nog niet ingelicht?'
'Zelfs mijn commissaris niet. Ik ben nogal laks in die dingen.'
Ze waren inmiddels via de Lijnbaanssteeg en de Blauwburgwal op de Keizersgracht gekomen. De Cock trok de kraag van zijn jas omhoog. De avondlucht was kil.
'Hoe stierf Tjeerd?'
'Iemand sloeg hem zijn hersens in.'
'Waar?'
De Cock wees voor zich uit. 'Hier ergens in de directe omgeving, schat ik. Ze gooiden zijn lichaam in een gracht.'
Dokter Hoekstra staarde bedroefd voor zich uit. 'Arme Tjeerd.

Hij had zulke grote verwachtingen.'
'Was ze een mooie vrouw?'
'Wie?'
'Alida van Soomeren.'
'Ik heb haar persoonlijk nooit ontmoet. Ik ken haar alleen door Tjeerd. Hij was volkomen in haar ban . . . raakte niet over haar uitgesproken. Volgens hem was ze de schoonste vrouw aller tijden. Bij haar vergeleken was Helena van Troje nog lelijk. Hij beschreef haar als een vrouw om . . .'
'. . . om voor te sterven.'
De dokter keek naar de rechercheur op. 'Dat klinkt achteraf wat cynisch. Tjeerd stierf voor haar zelfs tweemaal.'
Een tijdlang liepen ze zwijgend voort, ieder verzonken in gedachten. Op de brug naar de Brouwersgracht bleef De Cock staan. Hij steunde met zijn armen op de brugleuning en keek naar beneden. Er werd gespuid. Het water stroomde zachtjes langs de pijlers. Hij draaide zich weer om en keek naar de jonge dokter.
'Zonder uw medewerking was de maskerade in Zoetekamp niet mogelijk geweest.'
'Dat weet ik.'
'Waarom liet u zich tot dat macabere spel verleiden?'
Hoekstra trok zijn schouders op. 'Vriendschap en hebzucht . . . of hebzucht en vriendschap. U mag de volgorde zelf kiezen. Ik weet achteraf echt niet meer waar het accent lag.
Mijn ouders zijn niet rijk, meneer De Cock. Het heeft hun heel wat opofferingen gekost om mij te laten studeren. Ik ben hun daar dankbaar voor uiteraard. Maar als je met een lege portemonnaie een dokterspraktijk moet overnemen . . .' Hij maakte zijn zin niet af.
'Ik wist niet waar ik aan begon. Toen Tjeerd met het voorstel kwam, leek het idee me wel grappig. Het wekte herinneringen aan onze studententijd, toen we ook graag tegen die geordende maatschappij schopten. Maar ik heb jaren in spanning geleefd. En dan die nooit aflatende dorpsroddel! Alleen terwille van Tjeerd heb ik volgehouden. Ik had anders al jaren eerder de zaak aan de autoriteiten opgebiecht.'
'Dat klinkt burgerlijk.'
De jongeman reageerde fel. 'Zijn wroeging en berouw burgerlijke begrippen?'

'U bent dokter uit roeping?' vroeg De Cock.
Op het gezicht van de man verscheen een wat smartelijke trek. 'Roeping is zo'n groot woord. Ik ben geen idealist en ik heb nooit 'innerlijke stemmen' beluisterd. Maar ik wist wat ik deed toen ik medicijnen ging studeren. Het was een bewuste keuze.'
De Cock knikte. 'Er zijn ontwikkelingslanden,' zei hij weifelend, 'die kampen met een ontstellend gebrek aan artsen.' Hij pauzeerde even en monsterde het gezicht van de dokter. 'En veel van die landen zijn niet bij Interpol aangesloten.'
Hoekstra slikte. Zijn adamsappel wipte op en neer. 'U bedoelt?'
'Ik bedoel,' zei De Cock wat korzelig, 'dat er niemand mee is gebaat wanneer u een jaar of wat in een gevangenis verdwijnt.'
Hoekstra knikte peinzend. 'Hoeveel tijd heb ik?'
'Twee dagen.'
'En dan?'
'Dan zal ik proberen u te arresteren.' Hij liet de brugleuning los en slenterde de Brouwersgracht op. Aan de wallekant bij een paar oude kolenschuiten bleef hij staan. 'Hier hebben we hem gevonden.'
'Tjeerd?'
'Ja, een week geleden.'
De dokter staarde in het troebele grachtewater. De stroming had wat vuil bijeengedreven. Een paar ruwe, scheve planken en een verrotte matras schuurden tegen de kademuur. Na een poosje keek hij op. Rond zijn mond lag een verbeten trek. 'Ik was zijn vriend . . . Wat doet u met zijn moordenaar?'

De Cock schoof een cafeetje binnen en hees zich op een kruk aan de bar. Hij duwde zijn hoedje wat naar achteren en bestelde een groot glas pils. Onderwijl strekte hij zijn lome benen. Zijn voeten deden hem pijn en dat was, zo wist hij, een slecht teken. Om de helse prikkeling te verdrijven trok hij zijn tenen krom en spande zijn kuiten.
Hij had al een paar uur door het oude Utrecht gezworven en was nog geen steek verder gekomen. Het adres dat hij van Ilona van Corstanje had gekregen, bleek een kast van een herenhuis aan de Catharijnesingel. Het werd nu bewoond door een jong echtpaar met artistieke aspiraties. Ze hadden het oude huis geërfd van een tante die twee jaar geleden was gestorven. Het vrouwtje herinnerde zich dat tante Clementine wel eens kamers verhuurd

had aan rustige studenten en jonggehuwden die nergens een woninkje konden vinden.
'Tjeerd Talema en Alida van Soomeren?' Die namen had ze nooit horen noemen, maar meneer moest wel bedenken dat zij niet zo erg best op de hoogte was. Ze moest vol schaamte bekennen dat ze die lieve tante Clementine de laatste jaren voor haar dood wel wat had verwaarloosd, zodat het haar meeviel dat tante haar toch nog in haar testament had bedacht.
Brommend was De Cock toen begonnen een rijtje Utrechtse advocatenkantoren af te lopen. Maar op zijn vraag: heeft hier drie, vier jaar geleden ene Tjeerd Talema gewerkt, had hij steeds nul op het rekest gekregen. Hij nam een fikse teug van zijn bier. Het vocht streelde zijn dorstige keelgat. Hij besefte dat hij de zaak tot nu toe verkeerd had aangepakt, te opportunistisch. Hij had zijn onderzoek van het begin af veel gedegener moeten aanpakken, exacter, volgens een vaste lijn, precies zoals hij dat jaren geleden had geleerd. Maar hij, De Cock, was nu eenmaal een vrijbuiter, een ongebonden piraat, een boekanier onder de rechercheurs. Systemen, hoe goed ook uitgedacht, stonden hem tegen.
Hij sloeg met zijn vuist op de rand van de bar. Tjeerd Talema en Alida van Soomeren waren in Utrecht getrouwd. Dat stond vast. En trouwen was een officieel gebeuren. Daar waren mensen bij tegenwoordig . . . een ambtenaar van de Burgerlijke Stand, getuigen en - hij klapte met zijn vlakke hand tegen zijn voorhoofd - en natuurlijk een fotograaf.
Hij rekende snel af, dronk zijn glas leeg en stoof weer de straat op. In zijn typische, wat waggelende slenterpas sjokte hij langs de Oudegracht. Utrechts stedeschoon ging hem voorbij. Hij had haast. Op de Ganzenmarkt stormde hij het stadhuis binnen. Een vriendelijke bode verschafte hem de inlichting die hij nodig had: naam en adres van de fotograaf die prille Utrechtse bruidsparen en hun gevolg vereeuwigde.

'U fotografeert op het stadhuis?'
De man achter de toonbank keek hem over zijn bril aan. 'Mag ik vragen wie u bent?'
'Natuurlijk. Mijn naam is De Cock . . . met ceeooceekaa. Ik ben rechercheur van politie.'
'In Utrecht?'

'Nee, in Amsterdam, bureau Warmoesstraat.'
De man grinnikte zachtjes. 'Een berucht bureau. Wat kan ik voor u doen?'
'Maakt u foto's van elk bruidspaar? Ook als u geen opdracht hebt?'
De man knikte bedaard. 'Het is altijd een gok. Soms neemt men ze niet, meestal wel.'
'Bewaart u al de opnamen die u maakt?'
'Ja.'
'Hoelang?'
'Een jaar of dertien.'
'Dertien?'
De man lachte om de verbazing van De Cock. 'Vaak vragen de mensen bij hun twaalfeneenhalfjarig huwelijksfeest nog om hun bruiloftsfoto's.'
De Cock knikte begrijpend. 'Ongeveer drieëneenhalf jaar geleden, op zestien september, trouwde hier in het stadhuis van Utrecht Tjeerd Talema met Alida van Soomeren. Ik had graag de foto's die u destijds van dit bruidspaar maakte.'
De fotograaf fronste zijn wenkbrauwen. 'Hoe was de naam van het bruidspaar?'
'Talema-Van Soomeren.'
'Talema-Van Soomeren?' In de stem van de man klonk verwondering.
'Ja, is daar wat mee?'
'Die staan plotseling wel in de belangstelling.'
'Hoezo?'
De man glimlachte. 'U bent al de derde.'
'Wat?'
'Ja, er waren al twee vrouwen die om dezelfde foto's vroegen.'
'Twee vrouwen?'
De fotograaf zuchtte. 'Een dag of drie geleden,' begon hij gelaten, 'kwam hier een jonge vrouw . . . wacht even,' hij draaide zich om en greep vanuit een stellage een grote, bruine envelop, '. . . ene juffrouw M. Paddington, Kattegat 57 in Amsterdam.'
'Paddington?'
'Ja. Ze vroeg foto's van het bruidspaar Talema-Van Soomeren. Ik zei dat ik de negatieven in mijn archief zou opzoeken en dat ze de foto's over een paar dagen kon komen ophalen.'

'En toen?'
'Ze betaalde vooruit en ging weg. De dag daarop kwam er een vrouw, die vroeg of ik de negatieven van de trouwfoto's van het bruidspaar Talema-Van Soomeren had bewaard. Ik zei 'ja' en vertelde dat ik ze toevallig een dag tevoren in mijn archief had opgezocht, omdat er iemand naar die foto's had gevraagd. De vrouw was hoogst verbaasd en vroeg wie er dan nog meer belangstelling voor diezelfde trouwfoto's had.'
De Cock staarde de fotograaf met grote ogen aan. 'En toen,' vroeg hij angstig, 'hebt u die vrouw de naam en het adres van juffrouw Paddington gegeven?'
'Ja,' zei de man benepen, 'dat heb ik.'
De Cock sloeg zijn handen voor zijn gezicht. Een moment stond hij besluiteloos, toen griste hij de fotograaf de envelop uit handen en rende de zaak uit.
Een seconde later was hij terug. De fotograaf staarde hem aan, met open mond.
'Hebt u telefoon?' vroeg De Cock. 'Het is een zaak van leven en dood.'

22

Rechercheur Vledder staarde somber naar het ontzielde lichaam van Mabel Paddington.
Na het dringende telefoontje van De Cock was hij met rechercheur Van Dijk in een wervelende rit met gillende sirene naar het Kattegat gereden. 'Een zaak van leven en dood' had De Cock gezegd en Vledder wist dat zijn oude mentor nooit overdreef. Nog voor de wagen goed en wel stilstond was Van Dijk al weggesprongen en de smalle trap op gerend, met twee, drie treden tegelijk. Hijgend was Vledder gevolgd.
Ze lag dwars in het kamertje, niet ver van de deur, een roodzijden sjaal om haar hals. Het was een haast vredig beeld. Geen tekenen van geweld, geen sporen van een worsteling. Een weelde van lang, kastanjebruin haar bedekte het gezicht.
Vledder boog zich over haar heen en schoof het haar wat opzij. Ze was gewurgd. Zonder twijfel. En het was snel gedaan,

krachtig, doelbewust. Voordat het slachtoffer zich had gerealiseerd wat er gebeurde, had de dood haar al in zijn greep. Onontkoombaar. Verzet was er niet geweest, bijna niet. De roodzijden sjaal, diep in de hals gedrongen, had onmiddellijk de bloedtoevoer naar de hersenen gestuit.

Vledder legde de rug van zijn hand tegen de wang van het meisje. Het lichaam was koud. Hij nam een spiegeltje uit zijn zak en hield het voor de half open mond. Het glas bleef schoon, werd niet bewasemd.

Langzaam kwam hij overeind. 'We hadden niet zo hard hoeven rijden,' zei hij hoofdschuddend. 'Ze was toch niet meer te redden geweest . . . Ga naar beneden en vraag via de mobilofoon in de wagen om een dokter, een fotograaf, de dactyloscopische dienst . . . enfin, alles wat we nodig hebben.'

Robert Antoine van Dijk staarde naar de vloer. 'Het is een mooi kind,' lispelde hij afwezig, verward. 'Een heel mooi kind.'

Vledder keek hem aan. 'Je bedoelt: te mooi om te worden vermoord.'

'Zo iets . . . ja.'

'Geloof me, mooie vrouwen maken tienmaal meer kans om vermoord te worden dan lelijke.' Hij wees naar de deur. 'Maak voort, dan kunnen we samen nog wat rondneuzen voordat de meute komt.'

Van Dijk holde weg.

Vledder liet zijn blik door het kamertje dwalen. Het was schaars gemeubileerd. Armoedig. Rechts naast de deur bevond zich een granieten aanrecht met een gootsteen en een vervuild gasstel. In een zwart geblakerde pan zat een restje van een volledige maaltijd uit blik.

Dus hier had Mabel Paddington zich dagen achtereen verborgen gehouden. Waarom? Voor wie? En hoe was De Cock achter haar adres gekomen... in Utrecht? Vledder wreef met zijn hand langs zijn kin. Vragen stormden op hem af. Wie had haar vermoord? Hij deed een paar passen opzij, bekeek het slachtoffer vanuit een andere hoek. Plotseling werd zijn aandacht getrokken door iets op de vloer. Het lag vrij dicht bij het hoofd, glinsterde tussen het kastanjebruine haar. Het leek van metaal. Hij liet zich op één knie zakken en duwde het voorwerp met de achterkant van zijn ballpoint voorzichtig tussen de haren vandaan.

Van Dijk, weer boven gekomen, keek vanuit de hoogte op Vledder neer. 'Heb je wat?'
Vledder knikte. 'Een aansteker... Een mooie, lijkt wel echt zilver.'
'Door de dader verloren?'
'Misschien... Heb je een loep?'
Van Dijk graaide nerveus in zijn zakken. 'Hier.'
Vledder nam de loep aan, schoof haar uit de houder en boog zich over de aansteker op de vloer. Van Dijk keek gespannen toe.
'Staat er wat op?'
'Ja, letters. Ze zijn wat uitgesleten, maar je kunt ze toch duidelijk onderscheiden.'
'Welke letters?'
'R. d'H.'
Vledder kwam wat traag overeind. Rond zijn mond lag een wat verbeten trek. 'R. d'H,' zei hij bitter, 'de initialen van Robert d'Hovenier.'

In de grote wachtkamer van het politiebureau aan de Warmoesstraat luisterde De Cock aandachtig naar de uiteenzetting die de beide jonge rechercheurs van hun vondst in het kamertje aan het Kattegat gaven.
'Mabel Paddington werd dus gewurgd?'
Vledder knikte. 'Met een roodzijden sjaal. De aanval moet van achter het slachtoffer zijn ingezet. De uiteinden van de sjaal lagen op de rug.'
De Cock krabde zich in de nek. 'En nu wilden jullie Robert d'Hovenier voor de moord arresteren?'
Vledder klemde zijn lippen op elkaar. 'Hij moet ons maar eens uitgebreid verklaren hoe zijn zilveren aansteker bij het lijk van Mabel kwam.'
De Cock tuitte zijn lippen. 'Die verklaring kan ik je wel geven.'
De rechercheurs keken hem verward, achterdochtig aan.
'U?'
De Cock knikte traag. 'Het was een vals spoor. De aansteker werd bij het lijk gelegd... na de moord.'
Van Dijk slikte. 'Door wie?'
De Cock antwoordde niet. Hij stond van zijn stoel op en liep langs de bureaus. Bij het verhoorkamertje bleef hij staan. Hij

wachtte een moment. Toen trok hij de deur open.
Met haar rug tegen de elektrische radiator, bleek, ontluisterd, zat een slanke, blonde vrouw.
Vledder staarde haar verbaasd aan.
De Cock knikte. 'Mevrouw d'Hovenier!...drie jaar geleden nog Alida van Soomeren... de wettige vrouw van Tjeerd Talema.'

23

'Vermoordde zij Mabel Paddington? Wanneer heb je haar gearresteerd? Waar? Wie vertelde je dat zij Alida van Soomeren was? Waarom wilde Tjeerd Talema haar doden? Wist zij dat...'
De Cock bracht beide handen naar zijn oren. 'Zoveel vragen kan ik niet ineens beantwoorden,' riep hij lachend. 'Geniet eerst van mijn kostelijke cognac. Het is inderdaad iets bijzonders.' Hij hield het glas tegen het licht. 'Proost... op de misdaad.' Hij had Vledder en Van Dijk uitgenodigd voor een laatste bespreking bij hem thuis. Zittend in zijn brede fauteuil, genoot hij zichtbaar van het ongeduld van zijn beide collega's.
Vledder schudde bedroefd het hoofd. 'Ik begrijp er nog steeds weinig van.'
De Cock lachte. 'Stel je gerust. Tot voor kort tastte ook ik volkomen in het duister.' Hij nam een teug van zijn cognac. 'Voor een juist begrip lijkt het me het beste terug te gaan naar Utrecht... ongeveer drieëneenhalf jaar geleden, toen op een kwade dag in augustus Tjeerd Talema Alida van Soomeren ontmoette.' Hij zette zijn glas neer en leunde achterover. 'Het was een van die toevallige ontmoetingen die 's mensen lot en leven bepalen. We hoeven daar geen zwaarwichtige betogen aan vast te koppelen, maar een babbeltje in Utrecht bij een bushalte had grote gevolgen, Alida van Soomeren had op het moment van de ontmoeting al een rijk crimineel verleden. Ze had in België een reeks verduisteringen en oplichtingen gepleegd en was, toen de grond haar mooie voetjes te heet werd, naar Holland uitgeweken.
Het is bijna verbijsterend hoe argeloos Tjeerd Talema in haar

val liep. Hij was totaal verblind door haar schoonheid en koesterde zich onbekommerd in haar gulle liefde.'
Vledder keek verwonderd op. 'Hield ze echt van hem?'
'Ze vond hem een aardige, ongecompliceerde jongen zonder enige ervaring. Ik geloof dat ze aanvankelijk wel iets voor hem voelde dat met 'liefde' is te vergelijken. Maar toen haar misdadige geest mogelijkheden zag, verbleekte de liefde en kreeg haar hebzucht de overhand.'
'Welke mogelijkheden?'
De Cock grijnsde. 'Tjeerd had haar verteld van het pittoreske, maar wat slaperige Zoetekamp... en van zijn grote vriend en studiegenoot, dokter Hoekstra, die daar pas een praktijk had overgenomen. Alida luisterde aandachtig. Ze vroeg belangstellend naar bijzonderheden over het dorp, de jonge dokter, de gewoonten bij geboorten en overlijden. Ook de familierelaties van Tjeerd Talema ploos ze zorgvuldig uit. Toen ze ervan overtuigd was dat haar plan een redelijke kans van slagen had, dreef ze hem in een overhaast huwelijk.
Tjeerd was opgetogen, leefde in een roes van geluk. Hij liet zich door zijn lieftallige jonge bruid verleiden tot een wilde, kostbare huwelijksreis naar het mondaine Saint Tropez. Een reis die zijn financieel vermogen feitelijk te boven ging. Alida van Soomeren gedroeg zich alsof ze met een miljonair was getrouwd. Ze wenste alleen in de duurste hotels te logeren en bedelde om exclusieve toiletjes en sieraden. Binnen een paar weken kwam de verliefde Tjeerd tot de pijnlijke ontdekking dat hij geen geld meer had, dat zelfs zijn spaarcentjes waren verdwenen. Hij telegrafeerde zijn baas, vroeg en kreeg een lening, maar daarbij was wel een vriendelijk, maar dringend verzoek de huwelijksreis te beëindigen omdat zijn vakantiedagen ruimschoots waren verstreken.
Alida van Soomeren wilde niet terug naar het kille Utrecht. Ze maakte heftige scènes en stortte zich vol overgave in niet te stuiten huilbuien. Tjeerd was wanhopig. Hij legde haar uit dat hij geen geld meer had, dat hij zelfs al een lening had gesloten bij zijn baas.
Dat was het moment voor Alida van Soomeren om haar plannen te ontvouwen. Ze deed het uiterst listig en stelde het zo simpel voor, dat Tjeerd zich uiteindelijk gewonnen gaf.'
Vledder schoof naar het puntje van zijn fauteuil. 'Wat voor

plannen?' In zijn stem trilde ongeduld.
De Cock glimlachte. 'Levensverzekeringen.'
De jonge rechercheur keek hem verrast aan. 'Levensverzekeringen?'
De Cock knikte. 'In de daaropvolgende maanden reisde het jonge stel langs diverse grote en middelgrote Europese steden, leefde daar enige tijd en sloot verzekeringen af op het leven van de jonge en kerngezonde Tjeerd Talema. Ze overdreven niet. De afgesloten posten waren redelijk en wekten bij de verzekeringsmaatschappijen niet de minste argwaan. Het was ook niet zo vreemd dat een zorgzame echtgenoot een levensverzekering sloot ten behoeve van zijn jonge vrouw. Er waren zelfs maatschappijen die het stel adviseerden het bedrag van de levensverzekering zo hoog mogelijk op te voeren. En het echtpaar liet zich graag voorlichten.'
De Cock gebaarde breed. 'Het was doodsimpel. In enkele maanden liep het bedrag van de afgesloten levensverzekeringen op tot een klein miljoen. Met de grootste moeite schraapten ze het geld bij elkaar om de eerste premies te betalen. Alida van Soomeren pleegde op de haar eigen wijze een paar kleine verduisteringen... en het lukte. Maar de tijd drong.'
De Cock pauzeerde even, nam zijn glas op en rook aan zijn cognac. 'Begin februari van het volgende jaar reisde Tjeerd Talema terug naar zijn geboorteplaats Zoetekamp... om te sterven.'
Vledder zakte terug in zijn fauteuil. 'Dat was het dus, ' zei hij ontspannen. 'Alida van Soomeren had een officiële overlijdensverklaring nodig om de verzekeringspenningen te kunnen innen.'
Van Dijk trok zijn voorhoofd in rimpels. 'Ik heb het onderzoek niet van het begin af aan meegemaakt,' zei hij verontschuldigend. 'Mag ik zeggen dat ik er nog weinig van begrijp?'
De Cock grijnsde. 'Dat mag je zeggen. Zie je, Tjeerd Talema ging naar Zoetekamp om alleen maar 'officieel' te sterven, niet werkelijk. Hij werd daarbij geholpen door zijn vriend en studiegenoot dokter Hoekstra, die een valse overlijdensverklaring afgaf. De dokter deed zelfs nog meer. Hij bezorgde Tjeerd een kist, een graf en een indrukwekkende steen.'
'Waarom?'
'Deels uit vriendschap, deels voor een aandeel in de buit.'

'En ging het goed?'
De Cock knikte. 'Bijna mislukte de zaak, toen de oude kistenmaker van het dorp zich liet ontvallen dat de 'dode' Tjeerd nog opmerkelijk warme voeten had. Maar de operatie verliep verder prachtig. De dokter hield een toespraak aan het graf en Tjeerd Talema werd heel officieel in het Zoetekampse overlijdensregister ingeschreven.'
'Waar ging het dan verkeerd?'
De Cock schudde zijn hoofd. 'Het ging helemaal niet verkeerd. Alida van Soomeren reisde als treurende weduwe van Talema, netjes in het zwart, langs de kantoren van de diverse verzekeringsmaatschappijen en legde een officieel uittreksel uit het overlijdensregister van Zoetekamp over. Met dit deugdelijk bewijs dat haar zorgzame echtgenoot niet meer in leven was, ondervond ze bij het innen van de gelden geen enkele moeilijkheid. Je begrijpt dat Tjeerd Talema zich de eerste maanden nergens kon vertonen. Hij was officieel dood. De afspraak was dat de echtelieden elkaar na een half jaar op het eiland Ibiza zouden ontmoeten. Ze zouden van naam veranderen en een schone toekomst met ruime middelen lag in het verschiet.'

Van Dijk fronste zijn wenkbrauwen. 'Maar het ging toch mis,' riep hij verward.
De Cock knikte. 'Het ging mis, ja! Niet omdat er aan de uitvoering iets schortte, maar omdat Alida van Soomeren zich onaantastbaar voelde. Toen ze de buit binnen had, betekende dat voor haar het einde van de operatie. Ze ging niet naar Ibiza. Zij was dat ook nooit van plan geweest! Tjeerd Talema had zijn plicht gedaan; hij was voor haar gestorven; verder ging haar interesse niet.'
'Wat een rotwijf,' riep Vledder hartgrondig. 'Ze liet die jongen op Ibiza rustig verrekken?'
'Ja. Ze ging met haar geld naar Antwerpen. Ze kende daar, nog van vroeger, een handige vervalser. In nog geen week had ze een andere identiteit, compleet met de daarbijbehorende papieren. Als Adèle de Montereau, telg van enigszins onduidelijke Franse adel, vestigde ze zich in Amsterdam, waar niemand haar kende. Maar de knappe, jonge 'française' was spoedig een graag geziene gaste op diverse party's. Ze keek goed om zich heen, testte de huwbare kandidaten en veranderde binnen een

jaar andermaal van naam. Alida van Soomeren werd mevrouw d'Hovenier.'
'En Tjeerd?'
De Cock maakte een mistroostig gebaar. 'Tjeerd Talema wachtte op Ibiza vergeefs. Zijn vrouw kwam niet. Aanvankelijk wilde hij aan kwade trouw niet geloven. Hij bleef op het eiland, in de verwachting dat ze alsnog zou komen opdagen. Om in leven te blijven werkte hij als bordenwasser in hotels.
Toen ze een jaar na zijn 'dood' in Zoetekamp nog niet op Ibiza was verschenen, begreep hij dat ze hem had bedrogen, dat ze zijn liefde voor haar had misbruikt. Hij besefte ook in wat voor een situatie ze hem had gemanoeuvreerd. Hij, Tjeerd Talema, bestond niet meer. Hij was niemand. Hij had niet eens meer een eigen naam. Een paar maal stond hij op het punt alles aan de politie op te biechten, maar de daaraan verbonden gevolgen voor zijn vriend dokter Hoekstra hielden hem tegen. Langzaam groeide in zijn hart de haat... de haat jegens de vrouw die hem zo diep had ontgoocheld.'
'Hij ging op zoek?'
De Cock keek naar Vledder op. 'Ja. Hij verliet Ibiza en trok speurend van de ene stad naar de andere. Hoe hij haar uiteindelijk vond, zal wel altijd een raadsel blijven. In ieder geval weten we dat hij met het plan rondliep haar te vermoorden. Hij ging daarbij heel omzichtig te werk, bespiedde het huis aan de Keizersgracht, en toen hij erachter kwam dat er ook een niet-familielid woonde, zocht hij contact met haar.'
Vledder glimlachte. 'Mabel Paddington.'
De Cock knikte hem toe. 'Jij maakte een keer de opmerking dat Marcel, alias Tjeerd Talema, de gevoelens van Mabel alleen gebruikte om ongehinderd in huize d'Hovenier te kunnen rondneuzen. Die opmerking, Dick, was volkomen juist. Hij wilde precies weten hoe de indeling was, waar de diverse kamers lagen. En hij had het nodig.'
'Hoezo?'
'Wel, mevrouw d'Hovenier gaf hem geen gelegenheid haar buitenshuis te overvallen. Ze zorgde er voor steeds in gezelschap van anderen te blijven.'
Vledder staarde hem verwonderd aan. 'Waarom?'
De Cock gebaarde wat driftig. 'Ze had hem gezien.'
'Wat?'

'Ja. Ze moet hem al vrij spoedig hebben opgemerkt. Vermoedelijk al in de tijd dat hij het huis bespiedde. Je kunt je indenken hoe ze schrok. Ze begreep deksels goed wat haar te wachten stond. Maar ze kon er niets aan doen. Ze kon niemand waarschuwen. Ze kon niemand in vertrouwen nemen zonder haar eigen positie prijs te geven.
Alida van Soomeren, kind uit de sloppen van Antwerpen, had het ver gebracht. Ze had een mooi huis aan de gracht, was rijk, genoot aanzien. De 'geest' uit het verleden zou haar dat niet ontnemen. Maar het onheil kwam steeds nader. Toen ze op een middag met haar man in een auto over het Damrak reed, zag ze Tjeerd Talema op het brede trottoir. Aan zijn arm liep een meisje. Een meisje dat zij kende... Mabel Paddington.
Nog dezelfde avond maakte Robert d'Hovenier tijdens de maaltijd tegen Mabel een heftige scène. Hij zei dat hij zich niet met haar amoureuze affaires wilde bemoeien, maar raadde haar toch aan niet elke zwerver die op haar pad kwam, in huis te halen.'
Vledder knikte. 'Mevrouw d'Hovenier begreep dat het gevaar al binnen de muren van haar eigen huis was geslopen.'
'Ja, en ze begreep nog meer! De scène leerde haar dat onder haar eigen dak iemand huisde die een redelijk motief had de 'zwerver' te vermoorden.'
De ogen van Vledder glinsterden. 'De jaloerse Robert.'
De Cock pauzeerde even en vulde de glazen nog eens met zijn kostelijke cognac. 'Ze wist,' zo ging hij verder, 'dat Tjeerd ééns zou komen. En ze maakte het hem gemakkelijk. Onder voorwendsel dat ze in haar eigen kamer zo slecht sliep, betrok ze een kamer op dezelfde verdieping als Robert. Een kamer die vanaf de straatzijde via een balkon gemakkelijk was te bereiken.
Gelaten wachtte ze af. Ze rekende erop dat Tjeerd haar niet zomaar in haar slaap zou verrassen, maar dat hij zich eerst kenbaar zou maken als de man die zij had bedrogen. Dat gebeurde ook. Op de late avond van de veertiende maart klom Tjeerd Talema haar slaapkamer binnen. Of hij toen nog het voornemen had haar te vermoorden, weten we niet. Uit zijn onafgemaakte brief aan zijn vriend weten we dat zijn haat inmiddels was verflauwd en dat hij twijfelde of hij zijn plan nog wel zou uitvoeren.'
De Cock staarde wat droevig voor zich uit. 'Hij heeft weinig kans gekregen. Ze sloeg hem van achteren met een pook neer.'

'En toen?'
'Om bloedvlekken tegen te gaan wond ze een grote badhanddoek om zijn hoofd. Daarna sleepte zij het lijk over de gang naar de kamer van Robert. Ze wist dat hij nog niet thuis was.
Haar bedoeling was duidelijk. Wanneer het lijk van de zwerver, de rivaal in de liefde, in de kamer van Robert werd gevonden, zou het volle licht van het politieonderzoek op de jongeman vallen.'
Van Dijk grijnsde. 'Een duivelse opzet.'
'Maar het lijk werd in de gracht gevonden!' riep Vledder.
De Cock knikte. 'Dat kwam door Mabel Paddington. Ze betrapte mevrouw d'Hovenier.'
'Wat?'
'Ja! Op weg naar het toilet kwam Mabel voorbij de kamer van Robert. De deur stond open. Onwillekeurig keek ze naar binnen en zag mevrouw d'Hovenier gebogen over het lichaam van een man. Ze was juist bezig de bebloede handdoek van het hoofd te wikkelen.
Mabel dacht dat er iets met Robert aan de hand was en kwam de kamer in. Tot haar schrik herkende ze haar Marcel... en trok een verkeerde conclusie.'
'Ze dacht dat Robert haar Marcel had gedood?'
'Precies. En mevrouw d'Hovenier verstevigde die indruk. Ze zei dat ze plotseling wakker was geworden van een klap. Toen ze op onderzoek uitging, trof ze de deur van Roberts kamer open en zag die vreemde man op de vloer. Mabel zei dat ze die vreemde man kende, dat ze omgang met hem had. Waarop mevrouw d'Hovenier meende dat het toch verschrikkelijk zou zijn, wanneer die arme Robert de gevangenis in ging voor iets dat hij toch kennelijk uit liefde voor Mabel had gedaan! Ze kreeg het meisje zo ver haar te helpen het lijk uit het huis te dragen en in de gracht te werpen. Zie je, dit leek haar nog beter dan de aanvankelijke opzet. Wanneer Mabel verder haar mond hield, zou zelfs niemand ooit kunnen vermoeden dat de moord in huize d'Hovenier had plaatsgevonden.'
'Wat een tegenwoordigheid van geest,' riep Van Dijk bewonderend. 'Een normaal mens zou in paniek zijn geraakt. Die Mabel Paddington! Hield ze haar mond?'
De Cock schudde zijn hoofd. 'Ze was niet zo koel, zo geraffineerd als Alida van Soomeren. De artistieke, emotionele Mabel

Paddington kon het gebeurde geestelijk niet verwerken. Er was een mens gedood en dat feit kon men niet afdoen door het lichaam achteloos in een gracht te laten glijden. Haar hele natuur kwam ertegen in opstand.
Na een verschrikkelijke nacht en een dag vol twijfels stapte ze naar het politiebureau in de Warmoesstraat. Ze vroeg naar mij en vertelde na een verward, aarzelend begin dat neef Robert haar Marcel had vermoord. Misschien had ik haar toen steviger aan de tand moeten voelen. Ik weet het niet. Ik wist toen nog zo weinig. Bovendien weigerde ze mij details te geven. Ik vermoed dat ze zich bezwaard voelde door haar eigen rol in de affaire. Ze had immers meegeholpen het lichaam te laten verdwijnen. Ik kwam in ieder geval geen steek verder dan haar wat loze kreet dat Robert de dader was.'
Van Dijk glimlachte. 'Robert was de dader niet.'
'Nee,' zei De Cock nadenkend. 'Robert niet. Ik vraag me af wanneer ze tot de ontdekking kwam dat ze hem vals had beschuldigd. Ik denk dat ze in haar kamertje aan het Kattegat het gebeurde steeds weer opnieuw heeft overdacht en uiteindelijk tot de conclusie kwam dat Marcel niet door Robert, maar door mevrouw d'Hovenier was vermoord. Het feit dat wij Robert na zijn verhoor weer vrijlieten, moet haar in die gedachte hebben gesteund. Toen ze zover was, moet ze naar motieven hebben gezocht. Motieven voor mevrouw d'Hovenier om een totaal onbekende man, een zwerver, zoals Robert hem noemde, naar het leven te staan. Misschien dat Marcel, alias Tjeerd Talema, haar in vertrouwen mededelingen had gedaan of opmerkingen had geplaatst die haar achteraf tot nadenken stemden. Het kan ook zijn dat ze op een dag ongezien naar de Keizersgracht is teruggegaan om in oude papieren te snuffelen.'
Vledder keek hem verwonderd aan. 'Oude papieren? Wat voor papieren?'
'Het trouwboekje, en dat uittreksel uit het Zoetekampse overlijdensregister. Ik weet van mevrouw d'Hovenier dat ze deze papieren eerst enige dagen voor haar arrestatie heeft vernietigd. Hoe het ook zij, Mabel Paddington wist dat drieëneenhalf jaar geleden in Utrecht ene Tjeerd Talema met ene Alida van Soomeren trouwde. Ze zal hebben vermoed dat haar Marcel en Adèle d'Hovenier dezelfde personen waren, maar had daarvoor, net als ik, geen bewijzen.'

'Waarom kwam ze niet naar ons?' riep Vledder verbeten. 'Met de aanwijzingen die zij had, hadden wij het bewijs wel kunnen leveren.'
De Cock knikte. 'Zij was, en voelde zich ook, medeplichtig! Ik denk dat ze op clementie rekende, wanneer door haar toedoen de moord werd opgelost.' Hij streek met zijn handen over zijn grijze haren. 'Zover is ze niet gekomen. Mevrouw d'Hovenier greep bijtijds in.'
'Bedoel je,' vroeg Vledder, 'dat mevrouw d'Hovenier ook Mabel Paddington heeft vermoord?'
'Dat bedoel ik,' antwoordde De Cock gelaten.
Van Dijk fronste zijn wenkbrauwen. 'Hoe wist ze haar adres?' De Cock tastte in zijn binnenzak en wierp Van Dijk een bruine envelop toe. De jonge rechercheur schudde de inhoud op zijn knieën. 'Trouwfoto's!'
De Cock knikte. 'Genomen voor het stadhuis in Utrecht, bij het huwelijk van Alida van Soomeren en Tjeerd Talema. Toen mevrouw d'Hovenier een paar dagen geleden besloot om voor alle zekerheid haar verleden volledig uit te wissen, dacht ze plotseling aan de fotograaf die bij haar huwelijk met Talema foto's had genomen. Ze ging naar Utrecht en hoorde daar tot haar schrik dat ene juffrouw Paddington uit het Kattegat in Amsterdam naar dezelfde foto's had gevraagd.'
Vledder nam zijn glas op en nipte aan zijn cognac. 'Wanneer halen we dokter Hoekstra op?'
De Cock krabde zich wat verlegen in de nek. 'Nooit... Ik bedoel: dat zal moeilijk gaan.'
'Hoezo?'
'Ik heb vanmorgen een telegram van hem gekregen.' Hij zocht nerveus, onhandig, in de zakken van zijn colbert. 'Ik geloof dat ik het formuliertje al weer kwijt ben. Het kwam uit Kenia, Nigeria of Oeganda... Ik kan die Afrikaanse landen zo moeilijk uit elkaar houden.' Hij glimlachte. 'De dokter maakt het goed. Ze hadden onmiddellijk werk voor hem.'
Vledder klapte met zijn hand op de leuning van zijn fauteuil. 'Je hebt hem laten vluchten, natuurlijk. Ik had het kunnen weten...'
De Cock keek hem hoofdschuddend aan. 'Soms,' zei hij zacht bestraffend, 'kun jij zulke onbehoorlijke dingen zeggen!'